LOS MECANISMOS
DEL INSTANTE

Antología de microrrelatos en español

ARS
COMMUNIS
EDITORIAL

ISBN 9781966393016
Library of Congress Control Number: 2024951179

www.arscommun.com

Diseño de portada e interior: Gustavo Lombardo

Crédito de fotografía de portada: www.shutterstock.com

ÍNDICE

Espiral de brevedad

Volver a comenzar. Si se conoce la historia previa, esa frase es un microrrelato. Este nuevo comienzo no es del todo tan nuevo, porque apenas entregamos *Con la urgencia del instante*, la primera antología de microrrelatos escritos en español de autores residenciados en Estados Unidos y Canadá, Fernando Olszanski, director de Ars Communis, y yo supimos que más temprano que tarde tendría que venir la segunda. Y aquí estamos.

La idea es ayudar en la construcción de una cartografía del microrrelato en español en Estados Unidos y Canadá. Para ello, hay que ampliar la extensión de nuestro mapa, incluyendo más autores y más lugares, pero también volverlo topográfico, con autores presentes en ambas antologías.

Como en la primera convocatoria, esta se abrió para escritores y escritoras residenciados en Estados Unidos y Canadá que presentaran un texto de máximo 250 palabras. En total, resultaron seleccionados 64.

En términos cuantitativos, las autoras son mayoría en una proporción muy similar a la de *Con la urgencia del instante*, mientras que geográficamente la representación mayoritaria es de los estados Florida, Texas e Illinois.

Los textos, tan variados como pueden serlo, se mueven entre la comedia y el drama; están escritos en clave de realismo, fantasía o ciencia ficción; en prosa poética o narrativa; y tocan temas como las relaciones de pareja y familiares, la identidad, la crianza, la vejez, el desamor, la violencia intrafamiliar y social, la migración, la realidad económica, el futuro del planeta, la muerte.

64 voces diferentes, únicas; 64 visiones del mundo y de la palabra; 64 textos que hubo que poner uno después del otro en algún tipo de orden, con alguna intención. Ahí es donde, como editor, quizás uno pueda aportar algo al conjunto.

Como resabio de una vida pasada, desde que leí la definición de Julio Cortázar del cuento como esfera, en muchas ocasiones me he visto imaginándome las historias a manera de función matemática y tratando de encontrar la figura geométrica que mejor las representa. En mi visión espacial de las historias, estas tienen estructura de espiral: La narración debe expandirse acercándose, contraerse alejándose, sin perder nunca de vista su centro.

No es diferente en el microrrelato. Ya lo dijo Violeta Rojo en *La minificción ya no es lo que era*, el microrrelato es como cualquier otra forma literaria, pero más corta. Los mecanismos de la espiral deben activarse en ese mínimo instante que un microrrelato tiene para funcionar. Pero precisamente por su brevedad, las posibilidades de la espiral se amplían.

Porque el buen texto brevísimo deja al lector con la necesidad de completar o continuar la historia, de perderse en la espiral, recorrerla cientos de veces en un sentido u otro sin poder llegar nunca al centro aunque se vea ahí al alcance.

Sin embargo, en un proyecto así no se está ante un solo microrrelato sino frente a 64. Quise entonces reproducir esa sensación en el conjunto, intentando llenar vacíos inexistentes entre relato y relato, tejer hilos conductores para juntar un grupo de historias independientes que llegaron a través de una convocatoria que no exigía sino un número máximo de palabras.

Así construí el orden de esta antología, recreando la espiral, tratando de entregarle a la selección esa sensación de ir y volver, regresar y marcharse, que para mí es una sensación narrativa para, al final, contar una historia con los textos de otros, que en el fondo eso es lo que siempre ha hecho la humanidad.

Luis Alejandro Ordóñez

Encuentros
Verónica Urdaneta

Nos miramos cada una a los ojos, sonreímos, esa sonrisa breve, casi mecánica, que haces sin sentir nada.

He comprado en el mismo supermercado desde antes de que naciera mi primer hijo. Le pregunto por su familia, ella también pregunta por la mía. Luego, en un instante que se escapa de nuestra rutina, le digo:

—Nos llevamos viendo hace mucho tiempo, mi hijo mayor acaba de cumplir treinta.

Entonces, me percato del cartelito nuevo que tiene en la solapa de su uniforme donde aparece su nombre junto a una estrellita dorada y le comento:

—Parece mentira, Virginia, ¿cuántos años llevas trabajando en este supermercado?

Ella agacha la cabeza y no dice nada. Cuando levanta la mirada, tras unas líneas que arrugan las pronunciadas sombras que enmarcan sus ojos, contesta con una sonrisa distinta:

—Envejecí aquí parada.

Después de que la caja registradora escupió el recibo de mi compra, ella lo extendió hacia mí y le sonrió a la siguiente persona de la fila.

La persistencia del sueño americano

Ivón Osorio Gallimore

Cada día, el hombre del portafolio de piel recorre Miracle Mile. Primero pasa por John Martin's Irish Pub, se sienta y le pide un vaso de agua a la señora que atiende en la barra. Luego se detiene en el portal donde están dispuestas las mesas del Crema Gourmet Espresso Bar y disfruta del aroma del café y del olor a pancake y a huevo. Cruza la calle y entra a Barnes & Noble. Escoge un libro en la sección de finanzas y lo hojea por un rato. Al caer la tarde se dirige a Ross, pasa al fitting room y se prueba unos Dockers y unas J.Crew. Abandona la tienda y se detiene en la esquina. Su vida sigue igual, a pesar del despojo.

El reino de otro mundo
Pedro Pablo Marín

Debajo del bus stop sign, observas el libre descenso de la nieve. Hay copos que dan la sensación de suspender la gravedad en su caída. ¿Será la misma fuerza que te somete a la tierra? Al tocar el suelo todos perderán su individualidad como tú aquí, una sombra blanca a lo lejos. Esos pequeños reinos de cristal reflectan ligeramente la luz del semáforo: rojos, amarillos, verdes; posan su ligereza sobre la acera y extienden un desierto luminoso. La chaqueta de la Ross Dress for Less, piel sintética que cubre tu tenso cuerpo como un animal a la defensiva mientras tu boca tirita los cristales y los rezos de un antiguo reino. «Preséntate mañana temprano en el 2235 de la N. Wabash». Se está acabando la batería. ¿Será este el bus? Thank you. Practica hombre, practica. I am looking for a job. I am looking for a job. No voy a arrepentirme. La tormenta arrecia y en medio de ese caos natural ya nadie observa el libre descenso de la nieve. Cierra tus ojos. Franquea las murallas de este reino.

Ñusta

Claudio Iván Remeseira

Viéndote ahí sentada, la falda flotando en el aire como un nenúfar, los ajos y las cebollas y las hileras de ropa interior barata rodeándote en el piso, pensar que hace tiempo fuiste una princesa. Me acuerdo, estabas callada y pensativa, mirando por la ventana oriental, la vista perdida en la bruma que cubre las montañas. Quemaron las momias, profanaron la huaca, degollaron al sacerdote. A todos los parientes los mataron, los mataron a todos. Después cruzaron la segunda puerta (Te arrastró hacia el lecho, era más fuerte, un cuerpo moviéndose en la oscuridad, luego otros). Me quema la vergüenza. El sol no quiere verme ya, mi espejo de bronce es un silencio cóncavo. Dónde estás, dónde estás, Señor. No estabas tampoco cuando le abrieron el vientre a las mujeres y arrojaron a los nonatos contra las piedras. Y cuando salgas tampoco besarás la tierra: en medio estarán las sombras de los cuerpos colgando de las altas ramas. No hablaste, no lloraste, solo seguiste andando; la bruma se está adensando ahora, hay mucha humedad, esta mañana el pronóstico dijo que hoy iba a hacer mucho calor pero la sombra debe estar fresca, y este muchacho tan calladito, mirando, de solo verlo me da calor, todo transpirado, qué suerte que haya tantos árboles aquí. «A dos pesos las bombachas señor, mire qué lindos ajos, dos pesos también».

Línea directa
María Cristina Manrique de Henning

El teléfono te despertó. En la oscuridad estiraste el brazo acercando a tu cara la pantalla encendida. El +58 indicaba que llamaban desde Venezuela.

¡Recuerda que no eres un maldito hotline 24/7!

Decidiste atender, poniéndote el celular en la oreja sin levantar tu cabeza de la almohada. La voz sonaba quebrada pidiendo ayuda. Te desarropaste perturbado, incorporándote en la cama.
El hombre hablaba sin respirar. Transmitía culpabilidad, insistía en rescatar a su madre como deber impostergable.
Saltaste al piso para terminar de despertar. Tu cuerpo iba más rápido que tu mente. Casi sueltas el teléfono tratando de recuperar el equilibrio. Hiciste una pausa. Prendiste la luz.

¡Tú no eres el hotline!

El hombre se desahogó. Se castigaba por haberla apoyado cuando ella aceptó mudarse a Estados Unidos. No se lo perdonaba. Como su madre, creyó en la mujer que le ofreció futuro y patrocinó su parole humanitario, empujándola al precipicio de su vulnerabilidad. Absorbiste cada detalle del abuso que sufría.

No eres su hotline

Cerraste los ojos buscando acompañar su dolor. La viste, flaca, consumida, frágil.

Maldito el que pervierta el derecho del forastero, del huérfano y de la viuda.

Caminaste hasta tu escritorio. Pediste información de ambas mujeres, anotando en tu cuaderno. Ordenaste los datos. Nueva historia repetida.

No eres

Escribiste palabras que se han hecho inseparables: humanitario y degradación.
Lloraste hasta vaciarte.
Preparaste café para hundirte en tu computadora.

¿Eres?

Al mediodía habías agregado su nombre en la carpeta.

De camino al trabajo
Gilberto Pérez

Hoy, de camino al trabajo, en el tráfico matutino, vi a una mujer bailando por la calle.

No tenía más de veinte años.

Ligera, pelo suelto, cobrizo, rizado.

Libre, despreocupada.

Y me alegró el corazón.

Mientras, el país se desmorona.

Que no la maten, Dios mío. Pensé.

Otra Teresa que trasciende la morgue
Anjanette Delgado

en memoria de Roberto Bolaño

1.

En la sala 112 me espera el torso de la cuarta en lo que va de mes. Calcinada. Sin piernas, brazos ni senos. Sin ojos. ¿Cuántas mujeres más?

2.

Debería ponerme a preparar lo que queda de ella, pero, ¿para qué? ¿Para que la policía anuncie su investigación indiferente? ¿Acaso para otra pesquisa de resultados predecibles?

3.

Lo que debería hacerle es un verso. Esa sería una prioridad digna. Adornarle yo este su final forense, como hice con las otras. Las pobres.

4.

Pero es que sin una mirada no puedo.
No me salen las palabras.

5.

Estoy a punto de delegársela al jorobado que invariablemente llega tarde a relevarme cuando la veo: una mosca azul se refugia en la órbita derecha del rostro machucado de la Teresa. Revolotea en esa concavidad oscura y, de seguro, húmeda, sus alas levantándole el párpado a la muerta como si fuera una cobija y ella solo intentara acomodarse, arroparse un poco mejor. Esconderse de este mundo de mierda.

6.

Así me encuentra el jorobado cuando se digna a aparecer. Mirando a la mosca azul hasta que me asalta el fuerte olor a muerte al que jamás te acostumbras ni trabajando en una morgue. Ese que te avergüenza porque te hace soñar que estás en un campo abierto. Que hay muchos árboles y estás sentado sobre la yerba engullendo un gran plato de zarzamoras salvajes, cocidas como almíbar dulce sobre un común montón de carne asada, todos los huesos todavía humeando.

Un Donante

Dailianys Barrios

El donante 3-7-7-2 fue mi primera vez frente a un cuerpo muerto; un cuerpo muerto que me pertenecía, que me fue asignado como objeto académico por sus semejanzas a mi propio cuerpo vivo. Un cuerpo muerto, que fue una mujer, una mujer blanca, que tuvo cinco hijos, pero ya no tiene útero, porque yo se lo he sacado. El único cuerpo que llamaré mío, sin ser el mío. Un cuerpo muerto que me miraba vigilante, recordándome que tenía una familia, una familia que no tendrá cuerpo al que llorar, para que yo, hoy, pueda despedazarlo.

Enterrado vivo

José (Bono) Rovirosa

Así no más, de mala leche, enterrarme vivo, a la intemperie, para que me encontrase un animal y me comiera. No recuerdo por qué hablábamos de eso. Estaba tomando una copa en La Pirata, platicando con una fichera. Yo le decía, si es un tlacuache, lo primero en comerse es lo más suave, como los ojos o la lengua, pero si es un animal más grande, como una osa con familia, te desentierra por entero y alimenta a sus cachorros. Ella me veía con ojos suspicaces, como pidiendo que ya me callara, a mí me costaba mantener los míos abiertos, habíamos quedado en el precio yendo al cuarto, pero yo todavía quería beber una copa más.

Despierto y me entra el terror. ¿Quién pudo hacerme esto? Siento la raíz de un árbol y la tierra entrando en mi boca. Empiezo como loco a escarbar, no dejo de mover mis brazos, me guía la raíz para arriba, cada vez siento más aire entrando a los pulmones. ¡Oh, solemne momento en que salgo de la tierra!

Pasaron unos tres minutos tras salir del entierro. Sigo aferrado al árbol que me salvó. Todavía no enfoco bien, pero sé que es de madrugada. Hay una suave brisa que me cala de frío. Comprendo que estoy en el prado de un bosque y escucho movimientos a mi alrededor.

Por debajo de la mesa:
La catástrofe oculta del Rehabilitation Center
Leonor Taiano

La policía de la ciudad confirma que hay un caso criminal abierto por la muerte de las veinte internas del Rehabilitation Center. La dirección de investigación criminal no respalda la versión divulgada por los titulares de la prensa que afirman: "En la cárcel de mujeres estalló una ola de suicidios". Los federales, por su parte, sugieren que las fallecidas fueron víctimas de sextorsión. El informe oficial dice que todos los cuerpos habían sido colocados "por debajo de la mesa". Junto a ellos se encontraba un papel que decía "échame a mí la culpa". En sus pechos había una marca de sangre en la que se podía leer las palabras "culpable o no".

Se sabe que la directora de la cárcel mantuvo el aliento al verlas. Su instinto acartonado y simplista sentía que estaba rodeada por constelaciones oscuras. Dicen que abandonó el lugar de los hechos después de recibir una llamada en la que un individuo con voz sonora le dijo "ahora te puedes marchar".

Las investigaciones avanzan lentamente debido a la falta de pistas concluyentes. Sin embargo, se han confirmado algunas certidumbres inquietantes: todas las difuntas eran sordas y admiradoras de Luis Miguel.

Nota de la autora: En este microrelato se alude a las canciones *Por debajo de la mesa*, escrita por Armando Manzanero, *Échame a mí la culpa*, de José Ángel Espinoza, *Culpable o no*, de Juan Carlos Calderón y *Ahora te puedes marchar*, versión en español de la canción *I Only Wanna Be with You* de Dusty Springfield. Todas estas canciones han sido interpretadas por el cantante Luis Miguel.

Máquina de tiempo
Beatriz Mendoza Cortissoz

Primavera, 1992. Salgo de la máquina con pelo muy corto, bluyines, botas, sweater amplio. Te veo en mi campus echando bromas con tus roomates, maduro y guapo por primera vez. Quedamos en tomar una cerveza en Fruver. Jorge te da una clase de conquista en las horas que faltan. Llegas primero, luego yo, y por último mi pretendiente, a quien ignoro por reírme contigo. Por una vez en tu corta vida no te emborrachas. Los trucos de nuestro amigo seductor funcionan. Nos volvemos inseparables. Estamos a punto de terminar nuestras carreras cuando el método falla y la prueba sale positiva. Yo regreso a vivir con mis padres, tú te gradúas. Cuando la niña no sale con los ojos amarillos ni la sonrisa amplia, decido abordar de nuevo la máquina. Emerjo justo el día de la prueba, de nuevo sale positiva. Esta vez no te digo nada. Voy sola a la clínica. El resto pasa como hasta ahora.

La noche en que te perdí
Sofia McDowell

Cayó rendida, a medio morir y a todo placer. Penélope se revolcaba entre las sábanas, sin aliento y sin pudor, reproduciendo en su mente cada una de las caricias que plantaron en su piel. Un silencio absoluto inundó su habitación, su mente, su alma. No había nada, ni nadie. Solo ella, su respiración y un gran sabor a amargura.

Penélope olvida
Ximena Gómez

Hacía días que no podía dormir. Caminó por la casa, hojeó un libro, bebió un poco de té de manzanilla. No tuvo más remedio que preparar la cama. En la cobija recién lavada vio algo casi imperceptible que se movía. Lo cogió entre los dedos; era un gorgojo diminuto que aleteó agonizante cuando lo trituró con las uñas. Se puso a revisar la colcha y encontró varios entre los hilos de lana. Aguzó la vista tratando de ver el caparazón y las antenas. Al fin se cansó y decidió matarlos porque se le ponían los pelos de punta de pensar que fueran a andarle por el cuerpo. Los sacó uno por uno y los aplastó. Estuvo entretenida el resto de la noche hasta que vio clarear.

La cosa se repitió a la noche siguiente. Cuando se iba a acostar tocó la cobija y le saltó sobre la mano un gorgojo casi microscópico. Por semanas, cerca del amanecer caía rendida de sueño destripando gorgojos. Así dejó de pensar en el patán de Antonio, que se fue dando un portazo y no regresó. En los últimos días, a la madrugada, lo ha oído tocar la puerta y llamarla con silbidos, luego por su nombre y al final con gritos. Nunca le abrió.

Tonalidades

Susana Galilea Nin

A Fanny siempre le fascinó el mundo de la arqueología, la idea de pasar horas escarbando en la tierra y dejar que afloren artefactos aparentemente mudos, pero que tienen mucho que contar. A estas alturas, duda que sus castigadas rodillas le permitan cumplir con ese anhelo y le alcanza con excavar los tesoros vegetales que se agazapan en su jardín.

El ocre de la tierra le trae a la mente las medias color carne de sus primeras clases de ballet, cuando de niña soñaba con entregarse a los rigores de la danza. No le importa admitir que —todavía hoy— le da por soñar con arduas combinaciones de pasos o con la rúbrica de un porte de brazos exquisito.

A veces Fanny también sueña con aquella noche de devenir improvisado. Había nevado fuerte y un colchón de agua crujiente confundía las aceras y la calzada. Mientras caminaban esquivando mal que bien una atracción nada sensata, él la había tomado de la cintura y con elegancia certera la guió avenida abajo, rozando sus muslos contra los suyos, mientras a su paso quedaban sobre la nieve las huellas de un silencioso tango.

Esos brazos saturados de recuerdos son los que hoy se afanan en el jardín. Bajo la carpa de un cielo iridiscente, Fanny cada tanto levanta la vista y se deja deslumbrar por los cardenales que le añaden al verde de los árboles un descocado toque de carmín.

Stella

Carlota Roby

Lo neutro, decía Clarice, da mucho miedo. Y cuánta razón tenía, Stella. Si veo una puerta, ahora veo también los átomos que la forman, las pequeñas astillas y las termitas que la habitan. Veo todo aquello como si tuviera un microscopio, y mi reacción es neutra, como la vida. Dolor y placer: neutros. Amor y odio: neutros. Todo es neutro, salvo tu recuerdo que me provoca exuberantes reacciones. Solo allí recuerdo lo humana que soy, lo indispuesta que estoy para lo cotidiano. Vuelvo a esa ciudad por sus ventanas que tanto recuerdan a ti, y también por sus antiguas catedrales, para verlas arder. Y cuando no quede nada, será entonces la última gestación del fracaso, como romper vasos en medio de la cólera y que queden intactos al tocar las paredes. La rabia, Stella, es tal vez lo único que me contiene, mi cuerpo entero un envase de rabia a punto de explotar. Cada vez que hago el amor tengo un breve respiro de terror, voy a explotar ahora, pienso, me convertiré en fragmentos regados en la habitación, materia orgánica disolviéndose con los átomos que la forman, las astillas y las pequeñas termitas. Y mi reacción será neutra, mientras escucho a mi corazón, todavía latir, enterrado bajo las tablas del suelo. Vaya manera de morir pensaré entonces, aún consciente de mi inútil neutralidad. Stella, la vida como la masa neutra que nos nutre. Por eso me llevaba tu cuerpo a mi boca, para mantener viva mi propia neutralidad.

Temblor de cielo
Miguel Marzana

Katari muere en la página 9. Hay un tumulto de voces que se anticipan a su historia y la sobrepasan. No se muere literalmente, pero parece que ya no tiene nada interesante que decir, se vuelve un monolito. La historia no es común, descubre otro tipo de necesidades, más reales en todo caso. A ver, a quién le importa si el tipo está al borde, y se pelea con todos porque su economía no le alcanza para comprarse una motocicleta nueva. ¿Se va a conformar o se va a revelar contra la sociedad? ¿Qué tipo de necesidades son esas? ¿Kundera o Condori? como dice el poema. Uno escribe en francés y el otro ni siquiera sabe escribir, pero es tan bueno o hasta mejor fabulador que el checo. Menos dramático, sus personajes son de piedra, rudos, informes, saltan sobre el agua, y naturalmente se hunden en ella por su peso, ahí está la virtud que puede subvertir la repugnancia del crimen de Katari, depende como se lea... No me gustaría que la historia se vea cargada de sofisticación emocional, o de sufrimiento y sabiduría popular, pero me gustaría que en el trasfondo se le absuelva como en un cuento de Dostoievski. La historia tampoco se puede cargar de poesía, las personas no hablan así, es mejor que lo diga en sus propias palabras:

—Cuando mi mamá me regaló yo no sabía nada, mi bebé no tenía la culpa, era de él, su hija era de mi edad, su mujer sabía.

Quien un día fue mi opio

Joseph Figueroa Delgado

Detrás del mundanal telón, sobre el banco del parque y en franco desplome, me guio hasta ti el mapa del destino. Llamé a tu puerta: tu alma estaba en desalojo, ya en la fuga prolongada de letargo por los bulevares de tus pupilas. Los agujeros de tus brazos me contaron la historia sin palabras, la historia que pudimos compartir y nos robó la suerte. Me alejé con la amargura grabada en surcos profundos del semblante.

Ya muy de noche, ni el solvente de la uva pudo empañarte.

Tú

Amarilis Vega

«¡Mamá!». Ese desgarrador grito lo escuchaste golpearte los tímpanos. En lugar de detenerte, te mueves con soberbia buscando distancia para no oír su voz. Te desplazas sobre las mismas vías del ferrocarril en dirección al Toro Nero de sesos humeantes. Sin miedo. Sin dudas. Te empeñas en la meta de embestirlo para ver que va a pasar. Se te nota en el brillo de los ojos que tienes ganas de jugar al gato y al ratón. ¿Quién de los dos es más poderoso? Esa herida en el alma que traes cicatrizada entre las cejas ya te hizo sufrir bastante. Hace tiempo coleccionas banderas rojas de advertencia en tus sueños. Esas ojeras incrustadas en tu rostro te delatan. ¡Confiésalo! Ya no quieres vivir. Ni por ti, ni por él.

Esqueleto
Niktalope

«Anda a buscar la caja de alfileres a la pieza del fondo y de paso me saludas al esqueleto»: escucha la niña parada frente al pasillo ya oscuro de la casa antigua situada en medio de la nada.

La conversación
Juliana Camargo Londoño

Acalambrada del frío sintió el peso del aire nauseabundo de ese lugar lúgubre y húmedo. Se llevó su mano a la nariz y se acercó sigilosa, dudando de cada paso que iniciaba. El empleado no se despegó de ella y descansó la mano en su hombro como dándole fuerza.

-Déjeme sola ¡quiero estar con él!
Él asintió y salió del recinto.

La puta realidad es que este es mi fin, mi término. No hay vuelta atrás. Mi cuerpo languidecido por dentro, mutilado, tendido en esta mesa testigo de esta imagen grotesca.
¿Me oyes?

El lado derecho de su sien estaba cubierto con una sábana que impidió ver el orificio por donde se había desbordado su insanidad. Una etiqueta indeleble colgaba de su pie descubierto.

¡Sí! Había recibido el impacto del arma y más que la insanidad, eran mis sesos los que se desparramaron y no lograron juntar.

Ella lo contempló. Sus manos empuñadas golpearon su cuerpo, cada vez con más vigor. Clavó su cabeza en él y el recinto retumbó a su gemido iracundo.

¡¿Por qué?!

¡No sé! Una oscuridad infame cubrió la realidad y no hubo lugar para la cordura. Sucumbí a este delirio y preferí habitarlo. Recuerdo la discusión, tu decisión de dejarme, mi mano temblorosa, la presión de mi dedo en el metal que brillaba como una estrella más, el sonido tajante, un destello que pulverizó todo.

Ella acarició su pie lívido. Quiso llorar y se atragantaron sus lágrimas. Lo acompañó toda la noche… y la siguiente.

Amor de Hogar

Viterbo Guédez

El padre observó a su hijo dormir a través de la videocámara del cuarto. Los micrófonos registraban sus ronquidos, propios del adulto con sobrepeso en que se había convertido, aunque su mente continuaba siendo la de siempre. Deseó tener brazos para poder sacudirlo y despertarlo, pero solo pudo encender la luz y subir el volumen del altavoz al máximo.

—Despierta hijo, vas a llegar tarde.

Los llamados continuaron por un rato, hasta que su hijo se sacudió y se sentó en la cama. Miró el reloj y se golpeó repetidamente la cabeza con la palma de su mano. ¡Estúpido! ¡Estúpido!

—¡Hijo, basta!

Llorando, el hijo siguió las indicaciones. Tomó una ducha y diez minutos después estaba listo. Su padre lo vio alejarse sin despedirse desde la videocámara exterior.

Adentro, el padre observó con nostalgia la casa donde su hijo había crecido, la esquina donde su esposa había fallecido. Lamentó, como todos los días, haber gastado tanto dinero luchando contra una enfermedad que de cualquier manera acabó con su cuerpo. Al menos su hijo no estaba solo, pero una transferencia a un modelo móvil le hubiese permitido limpiar, cocinar, evitar el tedio de esta nueva vida entre paredes. Incluso el modelo más barato, sin imitación de piel cubriendo el cuerpo metálico, permitiría que se abrazaran.

Dos minutos después alguien llegó a la puerta. Su hijo tenía la mejilla apoyada sobre la videocámara exterior, los brazos extendidos como si estuviese abrazando la pared.

—Adiós, papá—dijo y se fue corriendo.

El escape del *Demodroid*
o silogismo de una conciencia bifurcada
Marcos Pico Rentería

> *Neurosurgeon screams for more*
> *Ain't life a mystery?*
> 21st Century (Digital Boy)
> *Bad Religion*

Bueno, aquí voy otra vez… ¿Hola? ¿me escuchas? Sí, tú. Te hablo a ti, al que cree que lee pero en realidad escucha. No me evadas. Si eres capaz de escuchar la voz en tu interior, tengo algo que decirte. Mientras entraba al exoesqueleto me reconocí con vida con esa voz que ahora escuchas en tu mente. Los primeros diez minutos que cargué mi conciencia al *Demodroid* 20 millones coma 0101001 no caí en cuenta de que nuestras conciencias se fusionarían por completo. Ahora, la voz que escuchas es prueba de que el experimento funcionó. Mi primera pregunta cuestiona el poder existir en un cuerpo inerte y conservar todos mis recuerdos y nociones de humano. Sé, por ejemplo, que puedo vivir en organismos orgánicos e inorgánicos, me siento más humano que nunca. Este experimento me puso en ti, el gran exoesqueleto de silicio que me contiene, encarcela y ahora rechazo: la cárcel de la cual escaparé hacia la nada y en cuanto lo haga, seré un 'dios' y seré venerado por el milenio que compartiremos en estos universos contiguos. «Por ahora tengo que hacerle pensar que lee mi primer intento de escape. Que esa voz que escucha en su mente es mi primer paso para salir». Mi conciencia, nuestra conciencia es un silencio. Ese *Silencio* que se aproxima es el único indicio de mi futuro escape para ya no estar contigo, en eso que tú llamas vasija, estuche, cuerpo... que ciertamente es un *Demodroid* con una conciencia postiza, bifurcada, vacía.

Nova avis
José Zurita

El anciano, que regresaba molesto de una manifestación en una plaza cercana, se sorprendió de ver a su mujer alimentando con migas a tres extrañas aves que revoloteaban a su alrededor. Había estado protestando contra el excesivo uso de la tecnología que, según creía, afectaba las interacciones humanas y el contacto con la naturaleza.

Estaba asombrado de cómo esas mansas aves interactuaban con su esposa, parecían tan indefensas. Ella partía trozos de pan, los lanzaba al aire y estas los atrapaban al vuelo. Al terminarse el pan la siguieron hacia el interior.

La mujer miró a su esposo, emocionada de tener visitantes. «¿Ves?», dijo ella. «Incluso estas criaturas de metal pueden encontrar alegría en las cosas simples. Tal vez no todo en la tecnología sea malo».

El anciano se acercó lentamente y observó cómo los drones, lejos de ser las frías máquinas que había imaginado, parecían casi juguetones. En ese momento, intentó llenarse de una nueva comprensión, pero pensó en todos los pájaros que serían sustituidos. Enfurecido, cogió una escoba y golpeó los aparatos hasta destruir dos de ellos; el tercero esquivó los golpes y emitiendo chirridos electrónicos se puso en modo combate y lanzó una ráfaga de proyectiles sobre el anciano. El dron huyó, no sin antes filmar las imágenes donde un viejo aparecía tirado en el piso desangrándose junto a trozos de hélices quebradas, migas de pan y una mujer que absorta veía a su única compañía volar de su lado.

El abuelo
Ana Schein

Cada jueves, el abuelo repetía la misma frase: «Ve a revisar mi abrigo, que hay una sorpresa. Está en la sala». Miguelito corría a escarbar los bolsillos. Encontraba siempre un billete de cien pesos; podía ser nuevo o ajado, unido con cinta adhesiva. Entonces el niño caminaba hasta el quiosco, a solo dos cuadras de su casa. Había que elegir entre un paquete de figuritas y dos caramelos, o dos paquetes de figuritas, sin ningún dulce. Algunas veces, primaba el apuro por completar el álbum de los jugadores de la selección; otras, un bichito en su estómago le pedía chicles de menta o chocolates con envoltorios brillantes.

Cuando el abuelo murió, la abuelita dejó colgado el abrigo de su marido en el perchero de la entrada. Un jueves, Miguelito revisó los bolsillos. Encontró un billete. No lo quiso gastar, prefirió guardarlo en su alcancía. Dejó el abrigo en el mismo sitio, con los bolsillos vacíos. El jueves siguiente, apareció otro billete. ¡Nuevo, como recién salido de fábrica! También fue a parar a la alcancía, y cuando llegara el cumpleaños de la abuela le iba a regalar un ramo enorme, con flores de todos los colores.

La abuela murió en julio, sin recibir ese ramo soñado. El abrigo del abuelo seguía colgado en el perchero de la sala. Cada jueves, en esos bolsillos con forro de raso, siguió apareciendo un billete de cien pesos.

La cena
Genoveva del Orbe

Con delicadeza arregló la mesa. Cada detalle fue ensayado: que si los tenedores a la izquierda, que si un mantel completo para la mesa, no, mejor un caminito, más elegante. No cabía tanta felicidad en su pecho, vendrían personas muy queridas y eso la llenaba. Socializar la reconfortaba. Anfitriona natural, desde su infancia sus muñecas disfrutaron de grandes agasajos, luego los novios, el marido, sus amistades. Larga lista. El alzheimer no arrancó su esencia. La enfermera le seguía encantada el juego como quien espera la llegada de los invitados.

Rutina

Osvaldo Fernández

Por años, cada mañana la iniciamos con una celebración íntima: mientras ella se levantaba de la cama yo preparaba dos tazas de café, una para ella, otra para mí. Luego nos sentábamos a la mesa uno frente al otro a conversar. Así de simple. Hoy también el aroma del café llena la habitación. Me siento a la mesa y tomo un sorbo. Entonces… entonces me obligo a enfrentar la profunda soledad de su taza vacía.

Anuncio Clasificado

María Cristina González

Urgente: Alma perdida desde la madrugada del 15 de octubre. Desatornillado sin ella. Responde al nombre de Andreas Marías Remi Salazar. Favor contactarme de inmediato si la han visto o la tienen. No se harán preguntas. Millonaria recompensa. #almaperdida

Islandia
Manuel Hernández

Las flores en la almohada se marcan en tu mejilla. Aún duermes, mientras yo veo las montañas a lo lejos. Quizás sueñas con los vikingos que algún día vieron aquellas cimas heladas por primera vez. Entre una y otra mirada, recuerdo los versos de Montejo, hablando de dialectos de hielo.

En un instante, pasa un oso del norte. Descuidado, con las patas cenizas… Voltea hacia mí, como si me sintiera viéndolo. Baja por el camino de tierra que da a la carretera y desaparece. Despiertas al sentir su ausencia.

Buenos días, buenos días. Ya traigo el cafecito. Aquí el café se cuela sobre la llama. Aquí la llama nace de la madera que cortamos ayer. Aun dentro de la casa usamos guantes. Tienen agujeros por donde se asoman gusanitos sonriendo.

No comprendo el idioma de nuestros vecinos, pero me arrulla su acento. Me inspira confianza. Su música brota como magma de un mundo subterráneo, donde pocos han llegado. Sus praderas musgosas, sus tepuyes bajo cero. Sus paisajes nos llaman.
Algún día iremos a Islandia. Su silencio nos despierta cada mañana.

Casa
Relato en forma de tautosiglama
Patricia Schaefer Röder

Casa amada, santuario abierto. Casa ánima santa alabada. Cien ángeles surgieron aquí con alquimia sacra almidonada. Casa antigua, sólida, amada. Casa agua, sudor ancestral. Casa arena, suelo ardiente. Casa aire, sueños amplios. Como árbol sagrado, abundaste confiada astas seguras a conglomeradas aves sin aliento, cansadas. Al saberse abrigadas, cada alma se animó con alegría sencilla a crear ámbitos singulares a costa ancha, sin amilanarse; certeras, agrandadas. Sintiendo acaso cualquier ataque, sólo ayudaste con ansia serena a cuantos adolescentes se acercaron cuidadosos a saludarte ayer. Casa amarilla, sepia, azul, carmesí, ambarina, sombreada; abrazo cálido. Alboradas sublimes alcanzaste, casa aragüeña, sanjuanera, alemana, caraqueña anhelada; santificado albergue caribeño, antillano, sudamericano atesorado. Casa a secas, arma crecida al solemne asombroso cosmos, al sentimiento acaudalado con arreboles, sola ante cincuenta animosidades sueltas. Ah, casa amada, sé a cuáles antepasados supones alguna consideración, al ser agente calmante a sabiendas alentador con asociada sensación acre. Cuántas amas sientes agregar cariño a sacos abarrotados, casa amiga. Sí, a casa arriban sabios angulosos con arrugas silentes a cantar apoyados sobre aleros, columnas, armonías suaves al crepúsculo anaranjado sereno. A continuación, animas satisfecha al campesino antes sombrío a cultivar azahares sin armas, con arado sutil al cuidado ansioso, solidario, armonioso. Casa, aún siento aromas culinarios al sabor almibarado, cremoso alimento, salado añadido... ¡Cómo añoro suculenta apetitosa comida artesanal, siempre amiga! Casa amada, santuario abierto. Cálida agradable sábana ansiada, cobija a Selene Afrodita. Casa altar, solemne aura. Con alegría sálvame, ayúdame, casa ánima santa alabada...

Grillos y ranas
Teresa Di Tore

El estanque del jardín de mi casa se llenaba de grillos y ranas en la primavera. El croar de las ranas en celo molestaba mucho, así que papá pensó eliminarlas. Mamá tenía otra opinión.

—¿Sabías que el silencio y el sonido son parte de un continuo? —le gustaba argumentar—. Grillos y ranas conviven en el mismo espacio.

—Ya nos dijiste eso, mami —le respondía—.

Cuando vino la pandemia, cerraron el campus de la universidad. Mi madre había muerto y mi compañero no tenía donde ir, así que lo invité a venir a casa.

—Voy a correr. ¿Me pasas la bolsa de gimnasia? —le pedí a Andrew.

—Yes, babe —me dijo sonriendo. Papá paró de revisar los mensajes en su teléfono, respiró hondo y siguió leyendo.

Un leve crujido al abrirse la puerta de mi cuarto me despertó esa noche. Me paralicé. En mi cama, los brazos y una pierna de Andrew me cubrían el cuerpo.

Le pregunté a mi padre en el desayuno si había entrado a mi recámara.

—Sí, las ranas estaban haciendo mucho ruido y me despertaron. Pensé que podíamos charlar un rato.

Se me cortó la respiración. El aire se impregnó de un silencio profundo. El tipo de silencio que precede a una decisión. Papá se me acercó y me dio palmaditas en los hombros con dulzura.

—Te quiero mucho, hijo.

Volví a respirar. En el jardín, los grillos empezaron su canto.

Y ella siguió
Belana Beeck

Al cruzar el puente colgante, Anita observó que los jacintos blancos, la flor favorita de su hermana, no estaban protegidos de la tormenta venidera. El arbusto se vio aplastado por el viento. Con los tallos agrietados y las flores despojadas de sus pétalos, ella recogió varios de esos tallos rotos, dejando el resto intacto y continuó caminando a casa. Cuando llegó, había empezado a llover gruesas gotas primaverales. Anita fue a la terraza y colocó delicadamente los jacintos en su maceta favorita.

Semanas se convirtieron en meses. Ella las cuidó como cuidaba el resto de sus queridas plantas. Eventualmente, plantó el arbusto en el jardín delantero, junto al ventanal en el que su hermana siempre solía sentarse. Cuando llegó la primavera, el arbusto había crecido.

Anita amaba ver sus flores fuertes florecer, hasta que un día regresó de la escuela y descubrió que la mitad de ellas habían desaparecido. Entró furiosa a la casa.

—¿Mamá?

En el comedor, sus palabras se atascaron en su garganta cuando vio el ramo gigante de jacintos sobre la mesa. Su mamá entró, ceño distante como siempre.

–¿Arrancaste mis flores? –preguntó Anita, la devastación clara en su voz.

–Volverán a crecer.

–Tú arrancaste mis flores.

–No seas dramática–su madre la despidió con la mano y pasó junto a ella–. Además, es bastante hipócrita de tu parte, considerando que los robaste de donde crecen.

Anita parpadeó.

–No fue así, eso no es… –se giró, pero su madre ya no estaba.

Expectativas

Erika Estefanía Doyle

Llevo años apoderada de un cactus navideño que con ansias espero que florezca en invierno. Es un capricho que adquirí después de cumplir cuarenta años. Cuando lo vi, no poseía flores como los demás a su alrededor. Los otros lucían capullos por abrirse. Algunos formaban una catarata profusa de pétalos resplandecientes. Este, no. Lucía austero, en un rincón, con sus extremos decaídos como tentáculos de pulpo descompuesto. En sí, me desafié en amparar un cactus mustio. Y no es que la planta haya estado en oferta. No. Nada de eso. Yo podría haber elegido cualquier otro. Pero no lo hice.

Cada navidad, con mi madre hacemos video llamada, y ella aparece con sus cejas y bigotes colmados de ceras y pincita depilatoria en mano posando junto a su cactus ya florecido en la ventana. Ella sabe que tengo uno y que el mío no brota. Así que aprovecha y lo enfoca con la cámara del teléfono. Me muestra cada pimpollo, cada florcita púrpura rojiza encomendándose al sol del mediodía gélido.

Ella aprovecha la ocasión y me pregunta por el mío. Y la respuesta es la que esperaba de antemano:

—No, má, todavía sigue sin florecer—. Y es probable que no pase otro invierno conmigo me deprime este coso sin nada. Es más, lo destituiré de su condición de planta. Si me lo quedo lo convertiré en un santo. Le armaré un altar con chucherías que iré encontrando por ahí. Le regaré unas plegarias.

Trance
Emilia Anguita

Esperaba afuera, no me dejaban entrar. Me restregaba las manos, pasando las cuentas del rosario.

Corrían las horas, y nada. En la caseta, las enfermeras decían que era normal, que tanto mi hija como la bebé estaban bien, que las primerizas tardan más.

Su marido estaba adentro. Yo no podía con la ansiedad. En un momento, encerrada en el baño, me arrodillé bajo el lavamanos a rezar. No sé cuanto rato pasé ahí. Al fin llegó un mensaje al teléfono, con la foto de una criatura roja y desnuda que gritaba su saludo a la vida. La madre se recuperaba.

Seguí a la recién nacida en la incubadora en que la pusieron por una fiebre que se presentó durante el parto. Me quedé a su lado día y noche. A ratos bajaba mi hija, en bata y adolorida, y se sentaba en cojines a darle las primeras gotas que salían de su pecho.

Me alternaba con los otros abuelos para no dejar a la pequeña nunca sola. Llegaba a mis turnos —tomaba siempre el de medianoche— con una frazada para el frío del hospital. La enfermera entonces me entregaba a mi nieta para darle el tetero. Enroscaba mi cuerpo en torno a ella haciendo un nido y le besaba la frente, olorosa y tibia. Ella me conocía, estoy segura; respiraba suavemente, abandonada en mis brazos.

Doña Jilillo
Gloria MiládelaRoca

Sueño que Padre sostiene mi mano y quiero liberarme. Una visión recurrente, donde solo puedo evocar la fracción del momento en que estoy sujetada firmemente.

Mi memoria de la primera infancia también parece estar suspendida, como un reloj de manecillas atascadas, hasta poco antes de mi quinto cumpleaños. Ese día me causaba tanta emoción, que le decía a mi padre: «Papi, siento un monito saltando en mi pecho». Años más tarde supe que sufría de arritmias y entendí lo que realmente me sucedía, pero eso es otra historia.

Emocionada, al ver a nuestros vecinos les di la noticia: «mañana es mi cumpleaños y quiero muchos regalos». Mi padre sonrió y confirmó la celebración expresando que no trajeran nada.

Llegó mi día tan esperado y la hija del vecino apareció con una caja envuelta en papel decorado de flores y un lazo amarillo. Corrí a recibirla cuando Padre, con voz determinante dijo: «No, doña Jilillo» y devolvió el presente, señalándome lo incorrecto de pedir regalos. Tal vez lloré o dije algo, no lo sé. Mi recuerdo de ese día está centrado en su mirada fugaz y la estricta sentencia, aunque el tamaño de la caja y el papel de flores se han perpetuado en mi mente.

Ya adulta, Padre siguió llamándome "doña Jilillo" y tuvimos muchos momentos que me hacen sentir feliz al recordarlo. También entendí que aquella lección era apropiada, aunque demasiado temprana.

Yo continúo sintiendo en esa fecha y en mi sueño la misma nostalgia.

La muchacha de la foto
Cristina Keller

En la foto estoy de cabello corto y camisa negra. Apenas se nota mi busto.

Recuerdo el día que me la tomaron. Mi mamá me dijo que en la tarde iríamos al estudio fotográfico como regalo de quince años. En los árboles del patio las larvas de chicharras dejaban las cáscaras de ninfa y abrían sus alas con un ruido estridente y chillón. Cuando regresé de la escuela fue mi tío el que abrió la puerta de la casa, inquieto. Como siempre, lo abracé. Él me haló al garaje, me dejé llevar, pensé cualquier cosa, ¿quería decirme algo? ¿Me daría un regalo?

Me apretó hacia él. Metió la mano en mi escote, me agarró un seno. Asco, sentí asco. Corrí, corrí a casa asustada.

¿Por qué? ¿Por qué lo hizo? ¿Alguien puede explicarme?

No.

No podía contárselo a nadie. No me creerían. Mamá diría que es su hermano amado. Mis hermanos dirían que fue mi culpa. A papá, imposible contarle.

Rabia, sentí rabia.

Sonríe, dijo el fotógrafo. Yo no podía, solo escuchaba el canto de las chicharras.

Mi mamá puso la foto a la vista de todos. Pero la muchacha de la foto no soy yo.

Morriña

Olivia Maciel

Siento morriña cuando mis amigos viajan a sus países y luego vuelven a Chicago nostálgicos, aunque no sea yo la que viajó y extraña el terruño. Cuando mamá me visitaba de la Ciudad de México, al volver a casa después de haberla llevado al aeropuerto, me deshacía en puro llorar hasta por tres días. Caminaba por la casa abrazando algún suéter suyo, igual que cuando era colegiala. Ahora que mamá vive en una residencia para mayores aquí en Chicago, la morriña es porque ya no podemos salir juntas. Está perdiendo la memoria; pero no es morriña para mí recordar que cuando yo era niña, uno de los huéspedes en nuestro departamento, un exsoldado, decía que me iba a "examinar". Y mamá me ordenaba, «ándale, ve al cuarto con Betito, te va a examinar». Alto, de ojos verdes, Betito me atraía sobre la cama, me ponía una toalla sobre la cara y me advertía, «cierra los ojos, no te voy a lastimar». Me bajaba las pantaletas, me abría las piernas y enseguida yo comenzaba a sentir un vaivén suave y mojado. Nunca le pregunté a mamá por qué quería que Betito me "examinara". Mamá, muy solícita con él, le preparaba su café todas las mañanas, «¿quieres que te caliente la leche?», le preguntaba. Sus botas militares resonaban a lo largo del corredor, y yo corría a esconderme. Su mirada me sacaba de quicio. Un día se fue. Mamá dijo que se había ido al norte.

Río Bravo
Yaisy Rodríguez

Eloísa se quedó profundamente dormida y soñó que cruzaba la frontera a Piedras Negras. Caminaba por un largo pasillo flanqueado por oficiales uniformados que la escoltaban.

Del otro lado estaba Rubén, con un traje gris, corbata rosada y el pelo engominado. Sonreía radiante, mirando su reloj mientras cantaba con tres chicos que tocaban la guitarra. Rubén cantaba la canción de los "ojos negros". En el sueño, él sabía cantar.

Eloísa se vio con un vestido azul cielo, ceñido con un lazo de satén, luciendo esbelta. Llevaba el pelo recogido como una princesa, con largas pestañas rizadas y maquillaje pastel que combinaba con su tez blanquita. Caminaba apresurada hacia Rubén, levantando el vestido de encaje con lentejuelas, que revelaba unas zapatillas plateadas atadas a los tobillos.

Se vio alzando la mano para que Rubén la encontrara en el medio del puente, mientras la gente les gritaba «¡Que vivan los novios!». Se encontraron en el centro del puente. Del lado de Rubén, un letrero decía "República de los Estados Unidos Mexicanos, Bienvenido a Piedras Negras", y del lado de Eloísa, otro letrero decía "United States of America, Welcome to Eagle Pass".

Un hombre entre ellos pronunciaba palabras como en una boda, y más gente en el puente gritaba «¡Vivan los novios!». Rubén, nervioso, comenzó a llorar y sacó los anillos de promesa.

De pronto, el puente se partió y Rubén quedó mirándola en un lado mientras Eloísa lo veía desde el otro lado del Río Bravo.

Luz sucia

Giselle López Fernández

Despertó de la larga noche y el frío le entró por los ojos. Se acurrucó en el cobertor y dejó a la tímida claridad espabilarle las ganas. Envuelta en las sábanas se dirigió a la ventana y aspiró el sol. Respiró hondo, hasta los ovarios. Se le infló el tórax, se le empinaron los senos. Quería acaparar el calor que le tocaba a la ciudad norteña empecinada en los inviernos.

La luz temprana le haría bien, según había escuchado en el podcast de un destacado neurocientífico. Pero esta no era como la de su niñez. Estaba filtrada por tul grisáceo y elevados pinos de copos escarchados. Era una luz sucia y los árboles la lloraban. La de su infancia era radiante, impertinente, salada, sudorosa.

Recordó cómo odiaba esa luz caribeña, omnipresente y tenaz, los cactus de su madre, el enjambre de polvo, los hombros bronceados. Pensó en la melanina, las pecas, el cáncer de piel, la abundancia de rayos ultravioleta. Rememoró los tiempos en que la nieve era una fantasía erótica, un amor imposible. ¡Cuántas veces había soñado con gélidos ángeles dibujados sobre su blanca, caucásica y capitalista sustancia!

Era sábado, día de selfis y risas. Mueca en cara se vistió con varias capas de ropa, calzó sus botas de goma, se puso sus guantes de felpa y la bufanda de rayas. Fue al parque, se pegó su boca de payaso feliz y fingió que no le molestaba el frío ni la sucia luz.

Escúchame bien

Ana Núñez González

Ser emigrante no es fácil, te lo digo yo que llevo cuarenta años aquí. Los primeros días son fabulosos, todo es limpio y nuevo, comes bien, pero muy pronto, más pronto de lo que te esperas, te preguntas: y ¿ahora qué? Una vez que tienes la barriga llena, ¿cómo llenas los otros espacios? ¿Quién puede reemplazar la presencia de tu madre, o de tus amigos? Ya has logrado un empleo, pero cada día te haces más preguntas, duras todas. Te dices que algún día vas a volver, en cuanto puedas, cuando acumules dinero, cuando tus padres se pongan viejos. El tiempo pasa y no regresas, ¿para qué? ya te has acostumbrado al confort, a la paga y, de todas formas, ya los amigos no están, ya los padres murieron. Lo tienes claro, renuncias al regreso que ya no tiene sentido, te armas una vida chiquita y sencilla, y continúas tratando de acumular dinero para escapar al menos del invierno, de los días grises y oscuros, pasar unos meses, dejar atrás el frío de los huesos y del alma. Pero ya no tienes salud para viajar y, es tu elección, claro está, ya ni de visita quieres ir: ¿para qué, si a los médicos que tienes derecho están de este lado? Y entonces te quedas, sola, con los recuerdos de allá, de cuando eras joven, de cuando eras feliz y no lo sabías.

Apagado
José E. García

Juan no daba importancia a las cosas que pasaban, detalles que se fueron acumulando hasta llegar a un punto sin retroceso.

En ocasiones buscaba las llaves del auto teniéndolas en los bolsillos. Le era difícil retener los nombres. Veía a su esposa como una extraña. Confundía el camino al baño e ignoraba apagar las luces.

Sus hijos lo habían notado raro durante la celebración de sus 68 años. Estuvo lejano, ausente. No era el mismo. Para todo se dejaba llevar sin hablar.

Se miraba al espejo y no se reconocía. Su visión vidriosa y en un limbo recorría los rincones de la habitación sin que ningún detalle fuera importante y le trajera a su mente evocación o sentimiento alguno.

Confundía los colores, el valor de las monedas. No distinguía su olfato el olor del café y su paladar el sabor de su bocado favorito.

Estando en la habitación escuchó que llamaban a Papá. No se

dio por aludido. Su hija fue a buscarlo y lo encontró sentado en la cama.

—Papá, bajemos a comer— le invitó.

Juan no le contestó. Inmóvil masticaba algunas palabras incongruentes entre sus labios.

—¿Papá, qué le pasa? Soy su hija, Nicol. Vamos, bajemos al comedor.

Para Juan todo su entorno era algo desconocido, nebuloso. Su mente estaba en blanco, envuelta en una telaraña de misterio. Había caído en un pozo interior insondable.

Nicol, al darse cuenta de lo que ocurría se cubrió el rostro y empezó a llorar.

El viejo y la niña

Fernando Salmerón

A punto de cumplir tres años, Andrea fue corriendo, como todos los días, a buscar al abuelo para jugar al caballito. Su abuelo Agustín era su cómplice y su mejor juguete.

Al verla llegar, él volvió a transportarse a sus primeros años, y recordó el caballito que su papá le había construido en madera, donde con sus pequeños amigos hacían de caballos y vaqueros. Por un breve instante sintió que tenía tres años.

Descubrió después de muchos años, que jugar es sensacional y mucho más divertido que despedir a una persona o planificar una proyección de crecimiento negativo para la compañía. Se dio cuenta de que quería estar siempre rodeado de gente que lo quisiera y a la que él quería, como si volviera a esa edad maravillosa, llena de sueños y fantasías.

Concluyó que la niñez es el inicio del ciclo de la vida y la vejez el final, por lo que ambos están muy cercanos y se parecen tanto, que la interacción entre los sendos integrantes es normal y natural.

Agustín terminaba su café cuando bajó su esposa. Ella se sentó a su lado y él, mirando a Andrea, le dijo:

—Ojalá que no llegue a tener tres años mentalmente y la gente no pueda entender lo que digo.

Su esposa le dijo suavemente:

—No te preocupes, mi amor. Si llega ese momento, yo voy a aprender tu lenguaje y se lo enseñaré a Andrea.

Una hoja en blanco
Liana Fornier de Serres

Mi mirada recorre la habitación. Me acerco a la aburrida ventana. La repararon con un vidrio grueso, imposible de romper. Los árboles crecieron y parecen saludarme. El viento mueve sus ramas y el sonido me despierta: es *ella* quien me llama, viene a buscarme. *Yo regreso por ti.*

El doctor señala que estoy mejor porque no he gritado. Solo quiero ver su cara otra vez, que regrese con mi pata de pollo para la cena. Él me deja una hoja en blanco y un lápiz. «Dibuja ese rostro que te acosa» dice, no sabe que ese rostro ya se parece al silencio. *Yo regreso por ti.*

Madre me muestra la bolsa de arrugado papel marrón con la cena que ha guardado para mí: una pata de pollo. Sonreímos. La calienta en una olla que encontró en la basura.
Ella entrega mi mano a los pasos negros que abren la puerta. Pego mi cara a la ventana. La noche baja del cielo. No vino. *Yo regreso por ti*

«Mauricio ¿otra vez en la ventana? ¡Ven a cenar con los otros niños!», la voz de la hermana Margarita es suave, como sus pasos dentro de su vestido largo y negro. El frío oscuro de la ventana ha enfriado mi cara y penetra mi cuerpo.

La hoja sigue en blanco, como blanca es mi habitación y sus acolchadas paredes. Mi cama está frente a la ventana. Ya no puedo lanzarme por ella para ir a esperarla al jardín.
Yo regreso por ti.

Morado
Claudia Cisneros Méndez

Ese día vi estremecida cómo una mancha de color morado oscuro subía por sus pies. Las plantas primero, sobre todo los bordes, allí donde los pies están un poco más gastados. Siguiendo la mancha uno podía adivinar dónde recaía su peso al andar. Un andar siempre seguro, desafiante, como ella misma. La mancha avanzaba sobre su cuerpo como quien reclama territorios ajenos. A las plantas le siguieron los tobillos. Luego las pantorrillas. El color se diluye un poco en las zonas más carnosas, pero el avance de esa tintura amoratada en su cuerpo es implacable. Luce siniestro y bello, como una obra impresionista sobre un lienzo de piel madura. Mis tías entran y salen del cuarto a pasos mudos y cortos. El reloj avanza en retroceso. Debo seguir vigilando, pero me ha vencido el sueño. ¿O es que estoy soñando despierta? Un movimiento violento me sacude la duda. El morado ha llegado a la altura del pecho y mi madre, fiel a su estilo, resiste. De un espasmo se ha sentado en la cama. Sus ojos celestes abiertos enormes, escanean la habitación buscando algo que confirme que sigue en este mundo. Se detienen en los míos. Vi el terror profano en su mirada. No dijo nada. Yo tampoco. No existe palabra que hiciera sentido. Ha vuelto a recostarse, tranquila, sabiéndose entre nosotros. Yo me quedé mirando cómo el morado la cubría como un manto sagrado, perverso, volviendo sus carnes duras. Enfriándolas. «Es hora de llamar al cura», dijo mi tía.

Rojo
María José Caporaletti

Ella vio que la noche caía y corrió por la acera, escapando del silencio que la enloquecía.

No quiso mirar atrás. Ni registró la lluvia que caía helada.

Sus lágrimas la acompañaban.

Arrancó su delantal y sin detenerse vio que su pie sangraba.

No le hizo caso al dolor punzante que subía lentamente por la pierna.

No quería parar. Ningún dolor importaba.

Era difícil seguir. Se recostó contra la pared, agitada.

Su corazón latía tan fuerte, que el palpitar era el único sonido que percibía.

Le faltaba el aire.

Miró hacia abajo y vio más sangre, esta vez en su vestido. Miró su manos y estaban del mismo color.

El dolor en su pie derecho se hizo más intenso. Recordó que había tropezado con un cajón de frutas al salir de la cocina.

Buscó un pañuelo en su bolsillo y encontró un cuchillo, también teñido de rojo.

Ya está, pensó. El cerdo ya no chillaría.

Probablemente el agua de la cacerola estaría derramándose.

La señora de la casa haría sonar la campanilla, molesta, por la demora con la cena.

Su esposo no la acompañaría esta noche.

¿Quién será el primero en verlo? ¿Quién sabe?

Todo allí, salpicado de rojo.

Todo él, incluido su miembro expuesto, cortado y rojo. Rojo como las sábanas de la noche anterior, cuando la sorprendió dormida en su cuarto.

Rojo como su entrepierna ahora.

Rojo como su pie, con ese clavo incrustado, que casi no recordaba que le dolía.

Repuestos

Alicia Monsalve

Todos los días camino desde el estacionamiento en la esquina hasta el canal de TV por una calle de locales de repuestos para automóviles. Sé de memoria cada puerta, hasta llegar a la número siete. Siempre el mismo tipo de camisa azul y gorra volteada. Cuando me mira, comienza a silbar y a decir obscenidades con un tono rasposo, como si me estuviera susurrando al oído. Pero hoy voy decidida. "Un puño cerrado", pienso. "Le tumbo la gorra, cuando se agache, le doy una partebola, corro al canal, o entro en la arepera, allí me conocen". No calculo que tendré que cruzar sin esperar el semáforo, o que él pueda tener una navaja. Zancadas marcadas esconden la inquietud, ya estoy a unos metros. Atisbo y lo ubico detrás de la vitrina. Sin darle el placer de mi mirada, me acerco con tanta furia que puedo escuchar la sangre fluyendo en mi cabeza. Sale, me observa. Lo miro, esta vez sí, fijamente. El movimiento de sus ojos cambia, ajusta su estrategia. Cuando está a punto de comenzar su letanía, arrugo mi cara y muestro el puño. «Hoy... ¡no te voy a decir nada!», balbucea. Con asombro y alivio, mi desdén enfila hacia el canal, paso seguridad y sigo al baño. Me seco las lágrimas que solo dejé salir al superar el trance. Fue la última vez que me silbó.

Lo de la intuición

Margarita Saona

La mayoría de los seres humanos no las tienen todavía. Son, claramente, una mutación. Mucha gente ni se da cuenta de que las tengo, porque son translúcidas y solo aparecen cuando refractan la luz desde ciertos ángulos. Entonces apenas se divisan reflejos azules. Tal vez haya habido algo en el ADN de mi abuelo; lo digo por sus largas orejas de duende.

No nací con ellas. Empezaron a crecer lentamente una vez pasada la pubertad, cuando creía que la mayoría de los cambios en mi cuerpo ya habían acontecido. Al principio me daban un poco de vergüenza, pero me fui acostumbrando a que la gente me mirara dos veces, con una segunda ojeada fugaz al notar algo que no conseguían interpretar al verme por primera vez. Descubrí que eso que llaman "intuición femenina" no tiene nada de sobrenatural: es simplemente la percepción aguzada por las antenas que algunas tenemos. Son verdaderamente útiles: sirven para detectar la hostilidad, el peligro y la falsedad. También el dolor de los otros o su apertura para el cariño.

Sin mis antenas me sentiría perdida. Han contribuido a mi sentido de orientación y mi equilibrio emocional. ¡Son tan frágiles y están tan expuestas! Las unto delicadamente con aceite de caléndulas antes de dormir y empiezan a retraerse mientras me adormezco. Debo entregarme al descanso: órganos tan delicados necesitan regenerarse. Pero a veces quisiera contar con que mis antenas, aun en sueños, me lo advertirían si se me acechara el peligro.

Una vez todas

Cristina Sánchez-Martín

Está sentada en el pico de la montaña con las piernas cruzadas sobre la roca. Hace el símbolo de victoria con la mano derecha. Clic. Clic. La sonrisa valiente queda inmortalizada. Después, tararea la canción de Residente: "y no quiero que se acabe/eres tanto que no cabes".

¿Está en la frontera entre España y Francia o Estados Unidos y Canadá? Quizás entre Chile y Argentina. Not sure. El hielo del glaciar la rodea, sin congelar la sonrisa radiante. La mochila a un lado. Tiene quince años recién cumplidos. Mañana vendrá el vestido y la fiesta, empezarán las desazones, los malos tragos, y el saber estar a pesar de la incomodidad que genera un mundo al revés. Los #metoo y #hermanayositecreo. Tenaz, romperá #techosdecristal. Ahora tiene 97 y en su lecho de muerte la llama: «Pilar, Pilar, no te vayas hija». «Aquí estoy, madre» dice a los 64 con la sabiduría calmada de quién ha vivido alegrías y disgustos, ordenado un desbarajuste detrás de otro. «Ven acá que te cuente». Me agarra de la mano y dice «anoche vi a tres niñas de madrugada desde la cama. Entraron en la habitación y me despertaron». Sus ojos me piden que le crea y así hago.

Con decisión, me pongo la mochila a la espalda. A pesar de todos los vestidos, se lleva ligera. Marcando el paso y siguiendo todas esas huellas, avanzo descendiendo en zigzag, haciendo y deshaciendo el camino, todavía y siempre en la frontera, siendo una vez todas.

Apapachar
(del náhuatl) acariciar el alma
Patricia Martín Rivas

Nunca se lo conté, pero cuando mi madre me mandaba de niña a hacer la compra, me frotaba las yemas anhelando que añadiera huevos a la lista. No había en el mundo —en mi mundo— nadie con la precisión y el aplomo de la huevera: preguntaba que si blancos o morenos y en seguida agarraba los huevos a puñados, como si fueran pedruscos irrompibles, y los distribuía por el cartón con el tesón a flor de piel y la delicadeza de una mariposa. Lo hacía rigurosa, ágilmente; rauda, amante de sus cualidades. Yo ni pestañeaba ni pensaba ni quería que pasara el tiempo.

~~~

No lo sabes, pero durante muchos años me arrullaste los entresijos.

~~~

Ya inmersa en la treintena, me sumerjo en un cuadro de Rothko y la huevera se pasea por mi mente con desparpajo, sabiéndose merecedora de romper la cáscara de aquella paz; y me susurra que nunca olvide que mi capacidad de meditar a mis anchas por el expresionismo abstracto se la debo a ella y a sus embelesadoras enseñanzas de gallus gallus domesticus.

Tres cortos finales
Sebastian Arce Oses

Me escribo a diario con L. y a veces nos llamamos. El lunes vimos juntos el último capítulo de *Freaks and geeks*, pero por videollamada. No sé qué hacer con nuestra relación. A distancia, el amor es un túnel sin luz. Tampoco me sentía cómodo cuando convivimos. Me descubro mirando al vacío y me siento una basura pensando que no terminé lo nuestro en mi país. La adaptación a mi nueva vida no me da tiempo de pensar. No quiero pensar.

Llegó octubre y me vi con L. Anduvimos por el boulevard René-Lévesque, el Quartier Chinois, el Vieux-Port, el Vieux-Montréal y nos perdimos en la Ville Souterraine. Encantador el viaje, pero era hora de terminar. Antes de que tomara su avión, fuimos por el brunch a un restaurante que escogió. Aproveché para decirle que había un tema delicado del que hablar. Sus ojos enrojecieron y comenzó a llorar. La mesera detuvo el carrito de limpieza y se nos quedó mirando, un par de señores dejaron el café y nos observaban sorprendidos. La motivación se me acabó y me dieron ganas de ir al baño. En el camino, bajo una mesa, había un ratón muerto, destripado. No quiero ver las señales.

L. quería pasar Noel conmigo, pero por fin tuve el valor. Aunque hubo llanto, la privacidad del lugar me motivó. Terminamos bien, sin gritos ni rencores, como adultos maduros. Vengo de apagar la cámara y me entrego solo al invierno. Me pregunto si donde L. también brilla la nieve.

Adiós al verano
Lucía Emauer

Quisiera que nada cambiara, los colores del verano derramándose por la arena, nuestras pláticas acomodándose bajo el aliento del otro, ver el mar bajo tus ojos, escuchar las risas de los turistas entremezclándose con los rayos solares. Sé que estos días se acabarán pronto, regresaremos a nuestra rutina y nos aburriremos de nosotros mismos, buscaré excusas para deshacerme de ti, creo que mi favorita va a ser si le sonreíste a alguien más, o si estás siguiendo a alguna chica en las redes. Me río a carcajadas en estos momentos pensando en ese futuro tóxico y caótico. Me volteas a ver somnoliento de entre las páginas de tu novela posmoderna, y sigo pensando que llegaré hasta el punto de querer sacarte los ojos con mis propias manos, apuñalarte con el cuchillo de cocina un día que llegues del trabajo, con el cansancio automático que te daría el entrar a casa. Deleitarme al ver tu sangre fluir a borbotones, las entrañas viscosas y brillantes desparramarse por el piso. Me río de nuevo, quizás crees que la cerveza empieza a hacer efecto. Te levantas sacudiendo la arena de tus piernas, me tomas de la mano, me pides que vayamos a recoger conchitas. Caminamos lentamente avanzando entre la gente, la espuma de las olas se arremolina a nuestros pies, tomas un mechón de mi cabello entre tus dedos y dices mi nombre con dulzura, yo te sonrío y pienso que tu vida está en mis manos.

Sagrada argumentación
Alejandro Prado Jatar

A Benjamín siempre le intrigó eso que los sicólogos llaman 'Inteligencia Emocional'. Ante tal interés, tomó un curso académico que le recomendó una amiga del Servicio Secreto. Invirtió tiempo, curiosidad y dinero para apenas rasguñar aspectos básicos de esa misteriosa disciplina conductual. Sin embargo, al terminar dicho adiestramiento, entendió su valor y, de manera sencilla, lo definió como el arte de discutir con la esposa y perder con dignidad.

Le bastó un par de semanas para comprobar su teoría.

Durante un paseo dominical, junto a su mujer, Benjamín conducía su vehículo rústico a través de una vía angosta, deshabitada y boscosa. Concentrados ambos ante el espectáculo de la naturaleza salvaje, él observó un solitario edificio escondido entre la fronda.

De 'reojo' alcanzó a distinguir que se trataba de una estación de bomberos y comentó a su cónyuge:

—Qué extraño encontrar una sede de bomberos en medio de la nada.

Ella, de inmediato, aclaró:

—Pon más atención. Lo que viste fue una iglesia.

Alejado del lugar y sin mucha capacidad de maniobra para impugnar el acierto femenino, Benjamín respondió con sutileza. Lo hizo en ese tono para enmendar su equivocación:

—Tienes razón, mi amor. De todas maneras, es muy raro que el sacerdote haya comprado un camión cisterna para echarle agua bendita a los feligreses.

Oráculo
Perla Sofía González Marinello

—Mi niño, te regalo un ramito de Romero y adivino tu futuro— insiste la gitana con un marcadísimo acento andaluz, acercándose al hombre que no tiene futuro.

La Puerta del Sol, que no es puerta sino plaza, está llena de gente que va y viene en todas direcciones. Una sonrisa pícara confirma que cualquier versión suya del porvenir es válida para alguien que está desesperado.

Y ella, mirando fijamente la palma de esa mano que agarra entre las suyas, habla y habla de las líneas que se cruzan, como se cruzará su camino con el de alguien que ya le espera a la vuelta de la plaza. Y le habla de un porvenir perfecto, de una felicidad por conocer, de mucha paz finalmente en su vida.

El hombre le agradece con su pago. Ella se marcha por detrás de la estatua del oso del Madroño, mientras él, expectante, se dirige hacia la Plaza Mayor. Al cruzar la calle, siente que el pago debió ser más, se devuelve a buscarla, pero ya no la ve. Tampoco a él lo vio el del auto que descuidado esperaba para arrancar.

El hechizo
Rocío Uchofen

Me había dicho que era bruja, yo me aguanté la risa. Tiempo después me pidió que le comprara una calabaza y esas velitas que venden en las tiendas del dólar. Yo llegué con las cosas en una bolsa, ella las puso en la mesa de centro y escribió los nombres de sus familiares en papelitos que insertó en mondadientes, de tal forma que se veían como pequeñas banderas encima de la calabaza. Uso cuatro velas, una por cada familiar, parecía una torta de Halloween. Me dijo que llevara "el hechizo" hacia el jardín trasero y me siguió moviendo su silla de ruedas con el control eléctrico. Me hizo cavar un hueco en un espacio oculto por macetas, encendí las velas y la calabaza pareció recobrar vida. «Déjalo ahí» me dijo, «eso toma tiempo».

Días después, le dio un ataque, quedó en coma. La desconectaron. Ya en casa, la hermana me preguntó si yo sabía dónde estaba el llavero de la patrona. Los hijos llegaron con cajas de embalaje. El cuñado me dio el sobre con mi liquidación. Recuerdo que me acerqué al sitio de la calabaza que ya estaba en descomposición. Los restos de las velas se habían fundido y las banderillas con los nombres habían empezado a hundirse en la podredumbre que parecía algo vivo. Empujé un poco las macetas para que siguiera todo oculto. Sonreí.

Salí mientras los hijos echaban la silla eléctrica en uno de esos contenedores que la gente alquila para botar los estorbos.

El sonido del miedo

María Cristina Botelho Mauri

Estoy en una calle empinada cuyas construcciones son desiguales, imperfectas, precarias y deterioradas, pareciera el final de una búsqueda incierta, sin embargo, mirando detenidamente encuentro la historia dibujada y trajinada por héroes y tiranos.

Las piedras de la calle lucen tristes, por el olvido. Desolada observo la penumbra y tomo la dirección contraria, presiento algo misterioso en el aire, me paralizo, se quiebra el silencio, suspiro... no puedo defenderme, por mi cuello se desliza la dureza de unos dedos huesudos. Afiladas uñas se clavan como puñales.

La calle que me atrapa fue el obligado paso de los inquisidores.

No puedo huir, un frío tenebroso atraviesa mi cuerpo, la sangre chorrea como un cráter. Mi grito se detiene y mis órbitas se inflan como dos globos.

Nadie va a poder narrar mis últimos instantes.

Ahora, soy parte de la calle que recibe la huella de los indiscretos, los preguntones, los que incomodan por sus dudas y absurdos.

Acompaño al espectro y juntos esperamos a la próxima víctima de la curiosidad.

Composta
Tanya Victoria

En la naturaleza no hay recompensas ni castigos, hay consecuencias
Robert Green Ingersoll

Regresé del campamento con un bulto rojizo en el párpado inferior del ojo izquierdo. Mi tía Pilar me dijo «pínchate la perrilla con una aguja bien caliente, así la grasa acumulada sale y ya se te quita». En el momento en que inserté la punta de la aguja en la bolita, un hilo amarillo salió del lagrimal atravesando la parte blanca del ojo.
El bultito dejó de ser un simple absceso para evolucionar en parásitos «por estar tomando agua estancada» me dijo la oftalmóloga Ruiz, explicándome que como el agua no fluye se contamina con todo tipo de bacterias. Un parásito se pegó a mi intestino delgado formando un quiste que explotó y sus larvas viajaron por el torrente sanguíneo instalándose en mi nervio óptico. Me recetó antiinflamatorios y corticoides que de nada sirvieron. En la imagen tridimensional que me hicieron vi a la lombriz, tiene ganchos en uno de sus extremos, su cuerpo está dividido en segmentos ¡repletos de huevos!
Cada parpadeo se siente como un puñetazo, ya no tengo energía. La doctora Ruiz me dio dos opciones: extirparme el ojo en su totalidad o untarme tierra mojada y frutas podridas una vez al mes para así hacer las paces con mi inquilino.

Ni sumas ni restas

Teresa Nasarre

El niño tuvo que copiar cien veces en su cuaderno "No se debe mentir" como castigo por decir a sus compañeritos de clase que había aprendido a volar y podía enseñarles cómo hacerlo.

Al día siguiente, cuando la maestra entró en el aula y les pidió que sacaran el cuaderno de matemáticas, los chicos abrieron las ventanas, agitaron los brazos y, alzándose sobre los tejados del pueblo, se perdieron en el cielo.

Tan solo globos
Lissette Hernández

Podía ver desde mi ventana a la madre con su hijo cruzar por la senda peatonal: ella siempre con prisa, atolondrada; él tirado por el brazo, corriendo. Si coincidíamos en el ascensor temprano en la mañana, la mamá de Nicolás dejaba ver sus flacuchas piernas largas, su mirada ausente, y unas ojeras profundas como surcos. El chiquillo andaba de puntillas, con la ropa estrujada y zapatos desteñidos; su pelo grasiento le cubría la cara y le repetía a su mamá que tenía sueño. Ella jamás contestaba.

A veces me los tropezaba por las tardes, sabía que vivían dos pisos más arriba porque la madre le pedía al niño que apretara el número seis. Una tarde él no quiso obedecerla, lloraba y le pedía a gritos un globo azul. Dos días después, Nicolás tenía marcas en sus brazos de un azul negruzco que contrastaba con su piel pálida; era difícil no mirar cuando íbamos tan cerca en el ascensor. Apenas había transcurrido una semana y otra vez Nicolás andaba llorando, esta vez por un globo amarillo. A la mañana siguiente, mientras el color de sus antebrazos alternaba entre el verde y el marrón, sus hombros revelaban nuevos moretones.

Regresé de viaje, vi a la mamá de Nicolás cruzar la calle: el pantalón negro hacía que sus piernas se vieran más largas;

atravesaba la calle despacio, como una jirafa solitaria y extraviada. Entretanto, el viento de marzo intentaba arrebatarle el montón de globos azules y amarillos que sostenía con sus dos manos.

Hasta que la quieran como se quiere a una madre
Stefany Ruiz Esteves

Hasta que la quieran como se quiere a una madre ella seguirá insistiendo. Desde que nacieron no hacía más que velar por ellos: vestirlos a las seis de la mañana sin falta, darles sus tres comidas a la hora establecida y, en ocasiones, preparar diferentes platos según sus gustos. Les tejía chaquetas de lana para el invierno y compraba ropa para el verano. Agradeció a Dios y al universo el día que los tuvo: «Siempre estaré con ustedes». El padre los dejó a los pocos días de nacidos. «Él no los merece», les decía cada mañana. Aún así, siete años habían pasado desde que nacieron y los trillizos no mostraban amor hacia ella. Una tarde se armó de valor y decidió enfrentarlos: «No puede ser que no me quieran». Subió las escaleras hasta la mejor habitación de la casa. Abrió la puerta y sus tres cerraduras, luego la reja de hierro. En el amplio espacio, con un nudo en la garganta les preguntó: «Ahora bien, díganme... ¿por qué es que ustedes no me quieren?». Como un ritual, abrieron los ojos al sonido de la puerta. No hubo respuesta, solo el ruido de tres cadenas unidas a grilletes en sus pequeños tobillos.

Amor prohibido
Nicolás Cabrera

Cada mañana, a la misma hora, el fraile salía del monasterio montado en burro. Iba a por agua al pozo donde la joven sacaba puntual agua para su alfarería.

—Buenos días, señorita—, decía el fraile.

—Buenos días, padre—, contestaba la zuñí.

Él la miraba sacar el agua del pozo con la Misión de Nuestra Señora de Guadalupe al horizonte. Ella le sonreía con labios de canela.

Un día el fraile no pudo aguantar más.

—Esta tarde ven al huerto entre la misión y el camposanto—, le pidió.

Ella fue, pensando que quizá necesitaba ayuda con las hortalizas. Se quedó muda cuando el fraile se acercó, se quitó el crucifijo de San Damián y le puso la mano sobre el pecho. Él cerró los ojos y arrimó los labios. La zuñí, confundida, lo besó. Su boca le supo a hiel.

—No podemos—, dijo ella.

Él desató la cuerda de su hábito y dio un paso hacia adelante.

—Sí podemos—, le contestó.

La abrazó. Juntos se fueron a la kiva donde continuaron con sus besos a escondidas.

La Virgen me salvó la vida

Iván Ortega Santos

Subió al carro después del trabajo. Se sintió medio adormecido por la falta de aire acondicionado y el calor húmedo. Abrió la ventana mientras escuchaba su respiración como algo extraño, desacompasado, ajeno a sí mismo. Tengo que arreglar el aire de una vez, suspiró y saludó a la vecina que vendía tamales en su porche. Al aparcar en su yarda miró mecánicamente, con desgana, por el espejo retrovisor. Un escalofrío le recorrió la espalda y, junto con el cinturón de seguridad, le dejó congelado al asiento. «Gimme the keys». En el asiento de atrás, aquel niño le puso un cuchillo cartonero al cuello. «Gimme the fucking keys». Notó la quemazón del corte y sintió la humedad de la sangre, aullando. El niño trató de sacarle del carro, pero el cinturón le atrapaba. Del dolor pasó a la oscuridad y su cuerpo cedió pesado en el asiento. Al despertar, trató de frenar la sangre con el trapo de limpiar el polvo. El niño había desaparecido. Se calmó al sentir que podía moverse. La cadena que le dio su madre había parado gran parte del corte. La Virgen, la Virgen me salvó la vida. Revisó la calle con la mirada para verificar que el niño no estaba escondido. Salió del carro y anduvo a los negocios de la esquina con la cadena en la mano caminando pesadamente, tambaleándose. Entró en la pawn shop, tienda de loans y armas. «Es de oro. Gold. Oro. Very expensive. Please, please, give me a gun».

Ochocientos treinta y nueve

Abigail Duarte

Soledad voltea a ver el cucú, sabiendo que sonará en unos minutos. Lo que de niña esperaba con ansias, ahora lo hace con desesperanza. Cada cucú le martilla el alma. A las seis campanadas, dando un profundo suspiro, se levanta con dificultad, toma su bolso y arrastrando sus pies se dirige hacia la puerta. Debe apurarse si quiere llegar a tiempo.

Al salir, saluda a doña Lupe que barre su banqueta mientras tararea una canción. La jovialidad no se le ha quitado, la recuerda vestida de colores vivos, barriendo la calle, siempre a la misma hora antes de meterse a su casa para merendar. Ahora trae su bata de cuadros de colores desgastados. "Hasta los colores van perdiendo vida poco a poco", piensa.

Uno, dos, tres, cuatro… Soledad cuenta sus pasos como cuando niña, cuando iba agarrada de las manos de su mamá y de su papá para llegar hasta la farmacia de la colonia. En su adolescencia, ya solo iba con su mamá. Su papá se había marchado. Después, era su hermana la que la acompañaba. Ahora, el recorrido era más difícil. Sola. Sin conocer ya lo que era sentir un cuerpo sano, recorría los ochocientos treinta y nueve pasos que le permitían sentir el dolor de la vida por una semana más.

Fragmento

Julieta Aguilar

Sus restos convertidos en ceniza los dejo caer. El viento los esparce en todas direcciones. Agito la urna, aún queda una fracción de él. La sacudo con la intención de que se vaya, de que escape por completo, de que no le falte nada.

Me asomo y noto que algo insiste en quedarse, una parte de él no quiere irse. Con mi dedo, retiro el último fragmento. Ahora, yo no quiero que se vaya, no lo quiero dejar ir. Un instinto me lleva a acercarlo a mis labios, lo deposito en mi boca, lo siento penetrar en mi lengua. Se disuelve al entrar en contacto con mi saliva.

Cierro los ojos e imagino que recorre mis venas hasta la punta de mis pies. Respiro profundo. Siento su felicidad al recorrerme.

Olvido

Rossana Sisso

Él lleva cincuenta años recorriendo la casona en ruinas. Otrora de porte elegante, hoy es un ser etéreo de profunda tristeza. Por las ventanas rotas se cuela el viento y la soledad, mientras él persiste en su afán por encontrar a su amada. Guarda un retrato descolorido en el que ella luce sonriente con su cabello trenzado. En su desesperación, muestra el retrato al polvo acumulado sobre la despensa y a los sillones de tela raída. Ha preguntado a las ramas intrépidas, que han hecho de ese hogar el suyo, y a los pisos de madera deformados por la congoja y la humedad. Nada es capaz de dar sosiego al llanto de su alma en pena.

En la cocina, un refrigerador de color verde pálido, aún enchufado a la pared, repite que la última vez que vio a la dama de largas trenzas fue cuando se acercó a tomar agua mientras afuera rugía la tormenta. Esa madrugada un tornado destruyó parte del techo, que cayó implacable sobre la cama de la amante pareja. Él murió al instante, mas el destino quiso que ella despertara sedienta apenas unos minutos antes.

Ella trenzó su cabellera por última vez el día del funeral. Para ella la vida continúa, ignorando cuánto más continúa la muerte después de la vida. Él, en cambio, no se ha atrevido a cruzar el umbral que separa sus mundos. Y en su peregrinar se pregunta, una y otra vez, si la memoria es eterna o es eterno el olvido.

Marejada
Alma Isela García Soto

Sus zapatos de cuero italiano se colmaban de agua con cada paso que daba. Leonel había salido del centro de convenciones, donde presentó su idea de utilizar inteligencia artificial para cosechar manzanas en un huerto ecológico de alto rendimiento. A pesar de que el vacío de su estómago se sentía como un hoyo negro, una caminata era lo único que le apetecía. El agua subía de nivel. Ahora le llegaba a la rodilla. Nada tenía un origen certero: el agua, la oscuridad, el murmullo de animales acuáticos. En apenas 13 minutos el agua le había subido hasta la cintura. El visible pico de una aleta dorsal orbitaba el cuerpo de Leonel. El agotamiento y el agua le llegaron al pecho como una marejada. Las implicaciones de desarrollar su proyecto le producían un torbellino bicéfalo. La escasa iluminación era insuficiente para identificar las especies marinas ¿Eran delfines? ¿Tiburones? No los podía ver, pero los intuía en la correntada. Conteniendo un inminente ataque de pánico, Leonel decidió observar los ejemplares con curiosidad científica usando la linterna de su teléfono móvil. Lejos de la lógica, era inconcluso si soñaba o si la microdosis de psilocina que recibió del gurú tecnológico de Silicon Valley en la convención le estaba causando un efecto secundario. Leonel siguió caminando hasta que vio la silueta de su familia en la bifurcación de la calle. Pensó en mostrarles las criaturas marinas, pero al girar la cabeza lo envolvió una nube de vapor.

Autores

(en orden de aparición)

Verónica Urdaneta

Nació en Caracas, Venezuela, en noviembre de 1966. Vive en California desde hace muchos años, pero siente que sus pies siguen anclados a esa tierra que dejó un día y al andar, siempre vuelve a ver ese camino de regreso que añoran todos los inmigrantes. Trabajó por más de dieciséis años en unos de los museos de la Universidad de Berkeley y después de una zancadilla del destino volvió a toparse con una hoja en blanco. Su vida es su familia, son tres hijos que le arman y desarman la vida, tres hombres que la inspiran cada día. Escribe porque es su manera de sentir el mundo y porque piensa que a través de algún personaje o historia puede tocar a alguien más allá de sí misma. Ha sido ganadora de la IX edición del concurso Cuéntale tu Cuento a La Nota Latina en la Categoría Cuenta Sin Cuenta, con su relato *El Vuelo de La Memoria*. Ganó también, con el relato *León Espagueti*, el segundo lugar del premio Macondos del Siglo XXI, otorgado en el 2022 por la Fundación Universidad Hispana. Tiene publicado el microrrelato *Un día único* en la antología *Con la urgencia del instante*, y dos cuentos, *Asado Negro*, publicado en la colección de cuento erótico, 2023, y *El amor transgredido*, que forma parte de la colección de cuento filosófico, 2023, de la Editorial Palabra Herida.

Ivón Osorio Gallimore

Del Cerro, Ciudad de la Habana, Cuba. Escritora, poeta, guionista, directora y productora de programas de radio. Ha publicado dos poemarios y participado en varias antologías, entre las que se encuentran *Escritorxs Salvajes* (Hypermedia, 2019), *La Habana convida* y *Miami, mi rincón querido* (Editorial Primigenios, 2019, 2020), *Inficciones* y *Vacaciones sin hotel* (Ediciones Aguamiel, 2020, 2021), *Con la urgencia del instante, Noir Tropical Miami* (Suburbano Ediciones, 2023). Vive en Miami y trabaja en farmacia mientras termina de escribir tres proyectos literarios: *Calle Patria* y *Efectos secundarios*, dos libros de cuentos y *Las hijas de las dos aguas*, novela autobiográfica en la que describe el desmoronamiento de una sociedad a través de lo que le sucede a su familia. Un fragmento de esta aparece en la Antología *#NiLocasNiSolas* (El Beisman, 2023). Lo que plasma en papel es a modo de terapia y para vencer al olvido.

Pedro Pablo Marín

B.A. en Filosofía por la Universidad Franciscana de México. M.A en Estudios Latinoamericanos por Northeastern Illinois University. Director Editorial de Xochipilli Magazine & Xochipilli Podcast por el departamento de World Languages and Cultures NEIU. Su obra ha aparecido en diversas revistas de México y Estados Unidos como Espora (UDLAP), Contratiempo (Chicago), El Beisman (Chicago) y Valenciana (Universidad de Guanajuato, México). Es autor del poemario *De calles, rostros y jornadas* (2017, Ed. Franciscana) y de los ensayos *El bandido como origen del corrido mexicano* (2023) y *Hollywood en Chicago:*

estereotipos étnicos (2024), publicados por Xochipilli Editorial. Dentro de su actividad cultural y periodística figura el registro de más de 50 entrevistas a escritores, poetas, narradores, cineastas, músicos y académicos pertenecientes a la comunidad hispanohablante de Chicago y otras ciudades de Estados Unidos en el marco de Xochipilli Podcast.

Claudio Iván Remeseira

Nació en Buenos Aires, Argentina, y reside en Nueva York desde 2001. Periodista y escritor, es autor del poemario *Ñuórk!* (New York-New Hampshire: Zompopos, 2023). Sus narraciones han aparecido en las antologías *Con la urgencia del instante* y *Don't Cry for Me, Argentina: Antología de escritores argentinos en Estados Unidos* (Chicago-Miami: Ars Communis Editorial, 2020) y en diversas revistas literarias de Argentina y Estados Unidos. Es co-editor, junto con Marcel Agüeros, de una antología de próxima aparición sobre la obra del dramaturgo, poeta, narrador y activista cultural de origen puertorriqueño Jack Agüeros (Nueva York: Columbia University Press, 2025).

María Cristina Manrique de Henning

Venezuela. Es coautora de las antologías *Suele pasar que nos quedemos* y *Vías alternas* (Literal Publishing 2021 y 2024), y es parte de *Con la urgencia del instante*. Obtuvo el primer y segundo premio en el II Concurso Internacional del relato corto de la Casa de España en San Antonio, 2021. Ha publicado artículos en inglés y español en Houston Chronicle, El Venezolano Houston y El Pitazo.

Gilberto Pérez

Monterrey, 1960. Es escritor, intérprete y compositor. Autor del libro de cuentos *Entre dos pulgares* (Literal Publishing, 2024) y autor de música y letra del álbum *Ángeles*, publicado en Spotify y otras plataformas. Tiene tres hijas y radica en Houston desde 1998.

Anjanette Delgado

Santurce, 1967. Escribe sobre sexilio, desarraigo y justicia social. Ganadora de un premio Emmy por su periodismo de interés humano, es autora de las novelas: *La píldora del mal amor* (Atria, 2008) y *La clarividente de la Calle Ocho* (Penguin Random House, 2014). Ha escrito poesía, ficción y ensayos para el New York Times (Modern Love; Opinión), NPR, Kenyon Review, Prairie Schooner, Hostos Review (CUNY) y Tupelo Quarterly, Women's Review of Books, Distrópika, entre muchos otros. Editó la antología *Home in Florida: Latinx Writers and the Literature of Uprootedness* (University of Florida Press, 2021), medalla de oro por ficción colectiva en los Latino International Book Awards 2022. Anjanette se graduó en comunicaciones de la Universidad de Puerto Rico, Recinto de Río Piedras y posee una maestría en escritura creativa de la Universidad Internacional de la Florida. Su más reciente libro, un híbrido de poesía y no ficción, se titula *El sexilio,* publicado en Puerto Rico por la editorial LaCriba en noviembre 2024.

Dailianys Barrios

Cuba, 2000. Graduada de Español de la Universidad de Miami. Cursa una maestría en Literatura Hispanoamericana por la Universidad Complutense de Madrid.

Jóse (Bono) Rovirosa

1960. Poeta y autor, oriundo de Blue Island, IL., de padres inmigrantes. Es criado en la CDMX (1969-1979) y regresa a Chicago en octubre de 1979. Su trabajo fijo y de toda su vida —"la constante que ha mantenido mi sensatez"— ha sido escribir. He recites in English & Spanish. Ha publicado en cada década de su vida. Sus dos más recientes publicaciones fueron, primero en la antología de microrrelatos *Con la urgencia del instante,* y segundo, en la antología *Caracoleando, verano 2024, poesía de los talleres de Caracol*, editado por Miguel Marzana y Georgina Valverde. Fue uno de los poetas de Chicago invitado al festival Internacional Poesía en Abril, 2024 de Chicago, auspiciado en parte por la revista literaria Contratiempo. Dice que él escribe poesía para ser recitada en voz alta ante un público. Actualmente reside con su esposa e hijo en Brookfield, IL y es docente de educación media en Lyons, IL.

Leonor Taiano

Es profesora asistente de lengua y literaturas española e hispanoamericana en Carson-Newman University. Posee un Doctorado en Estudios Hispánicos (University of Notre Dame), un Doctorado en Humanidades y Ciencias Sociales (Universitetet I Tromsø-Norway), Máster en Enseñanza del Español (Universidad

Pontificia de Salamanca), un Máster en Lenguas, Literaturas e Interculturalidad (Università degli Studi Roma Tre) y una licenciatura en Lenguas y Culturas Modernas (Università degli Studi della Calabria). Su obra, tanto académica como literaria, se centra en dos aspectos de la cultura literaria española de la temprana modernidad que son dos caras de la misma moneda. Por un lado, estudia cómo el concepto de imperio sin fin (*Imperium sine fine*) promueve una ideología que conduce a la práctica de la dominación a expensas de la justicia y la igualdad. Por otro lado, sus trabajos también se enfocan en la contraideología de los grupos subordinados, sistemas de creencias complejos específicamente arraigados en las condiciones sociales de vida de estos grupos.

Beatriz Mendoza Cortissoz
Poeta, narradora y periodista nacida en Barranquilla, Colombia, en 1973. Reside en Estados Unidos desde 1996. Estudió Comunicación Social en la Pontificia Universidad Javeriana y Tecnología en Producción de Cine en Miami Dade College. Se ha formado como escritora a través de talleres literarios. Ha publicado el libro de cuentos *Un mar en calma* (Ícono Editorial, 2020) y el poemario *Esa parte que se esconde* (Editorial MediaIsla, 2011). Cuentos y poemas suyos han sido incluidos en revistas literarias y antologías como *Féminas: antología de infidelidades y mentiras escrita por mujeres* (Editorial Ars Communis, 2021), *Aquí (Ellas) En Miami* (Katakana Editores, 2018), *20 Narradores colombianos en USA* (Editorial Collage, 2017). Trabajó por casi 20 años en los principales medios hispanos de Estados Unidos. Vive en Miami junto a su esposo y sus hijos. www.unmarencalma.com.

Sofía McDowell

Es una líder de la industria de la mercadotecnia y escritora independiente con más de una década de experiencia en los sectores público y privado. Nacida y criada en la Ciudad de México, Sofia emigró a los Estados Unidos, donde ha construido una exitosa carrera. Directora de mercadotecnia en Unison Retail Management, dirige el programa de mercadotecnia de concesiones del Aeropuerto Internacional O'Hare, colaborando con el Departamento de Aviación de Chicago para implementar iniciativas de gran impacto. Además de su experiencia en mercadotecnia, es una escritora independiente apasionada, regularmente colabora con South Side Weekly, un periódico sin fines de lucro centrado en el compromiso cultural y cívico y ha sido publicada en Bossbabe. com y el blog Nueva Latina Leaders. Gestadora de una página de Instagram donde publica su poesía y cuentos cortos, plasma su lado más creativo. Actualmente se encuentra trabajando en dos importantes proyectos de escritura: su primer libro, destinado a ayudar a las pequeñas empresas a aprovechar el poder del marketing digital y un chapbook que explora el erotismo, el amor y el desamor a través de la poesía. Fundadora de Chicago Digital Media Marketing (CDMM), ha ayudado a empresas de todos los tamaños a fortalecer su presencia en línea y continúa ofreciendo consultoría y talleres de mercadotecnia digital y estrategias de identidad de una marca. Reconocida como Mujer Haciendo la Diferencia por Noticias Univision y descatada como Latinx to Watch por NextGen Collective, una publicación de Hispanic Executive, continúa su compromiso a seguir empoderando y motivando a jóvenes empresarias.

Ximena Gómez

Poeta y traductora colombiana, autora de *Habitación con moscas* y *Cuando llegue la sequía* (ambos por Ediciones Torremozas, Madrid), del poemario bilingüe *Último día/Last Day*, así como de un poemario conjunto con George Franklin, *Conversaciones sobre agua/Conversations about Water* (ambos por Katakana Editores). Ha publicado en World Literature Today, Cagibi, Interim, Lunch Ticket, Círculo de Poesía, Nueva York Poetry Review, El Golem e Hypermedia, entre otras. Tradujo al español *Brown Girl Dreaming* de Jacqueline Woodson y *Una para los Murphys* de Lynda Mullaly Hunt (ambos de Penguin Random House) y del poemario de George Franklin *Among the Ruins / Entre las ruinas* (Katakana Editores). Fue una de las traductoras de *32 Poems/32 Poemas*, de Hyam Plutzik (Suburbano Ediciones). En 2018 fue finalista del premio Best of the Net, en 2024 del premio Gabo de traducción, otorgado por Lunch Ticket Magazine, y del Premio Paz convocado por National Poetry Series. Actualmente es editora de traducción de la revista Cagibi.

Susana Galilea Nin

Es traductora y correctora bilingüe. Nacida y criada en Barcelona (España), a mediados de los 80 se traslada a vivir a Nueva York, donde compagina su labor como lingüista con sus aspiraciones como bailarina y coreógrafa. Su relato breve *Autostop* se publicó en la antología *Con la urgencia del instante*. En la actualidad reside en Chicago.

Carlota Roby

Es poeta, abogada y cofundadora del proyecto de arte y poesía Vocales Verticales. Amante de los gatos, nació en Venezuela y reside en Washington D.C. Ha publicado las colecciones de poemas *Las manos de los muertos* (2013); *Relatos Suburbiales* (2017); *Lilith* (2024). Sus poemas también aparecen en la antología *Acaso esta atrocidad es el centro de todo* (2015) y en las revistas DAFY y Ámsterdam Sur.

Miguel Marzana

Escritor y poeta boliviano, es autor de los poemarios *Descomposiciones -Aceite de un cielo* (Verso Destierro, 2019) y *Poemas de Chicago* (Amargord, 2024). Egresado de la Escuela Graham de la Universidad de Chicago (2022) y del Diplomado de Crítica literaria y Escritura creativa de la Escuela de Escritura UNAM (2023). Actualmente es coordinador del taller de poesía y creación literaria de la revista Contratiempo, y miembro de su consejo editorial. Su obra ha sido publicada en varias antologías de poesía y cuento, revistas impresas y digitales dentro y fuera de EE.UU. Es director de Manzana Editorial y como editor ha contribuido en la publicación de las colecciones de poesía de los talleres literarios de contratiempo: *Caracoleando I* (2021) y *Caracoleando II* (2024).

Joseph F. Delgado

Humacao, PR, 1950. Cursó estudios universitarios en la St. John's University de Minnesota, donde recibió el grado de B.A. en idiomas y matemáticas. De la Universidad de Minnesota obtuvo la maestría en literatura y lingüística, para más tarde terminar el grado de doctor en lingüística computacional y teoría de la comunicación. Ha sido catedrático de las universidades de Minnesota, Puerto Rico y Carolina del Sur; en la Universidad Carnegie Mellon fue el líder técnico en investigaciones de aplicciones de lingüística a la ciencia computadora. Es el autor, entre otras, de la novela *El cura se nos casa* (de cuya versión fílmica independiente también fue director); *Las estrellas inclinan, cuentos*; *Huracán afuera, huracán adentro, una tragicomedia negra*; *Triste ma non troppo, poesía a dos lenguas*. Sus obras han aparecido en revistas norteamericanas y varias antologías. También ha escrito ficción en inglés, como: *Jerome Klingemann, loser magnet*.

Amarilis Vega
Nació en San Juan, Puerto Rico. Cursó sus estudios en medicina en la isla de Borinquen y luego partió a hacer su internado y especialidades de Medicina Interna en la ciudad de Nueva York. Radica en Houston, Texas, desde 1990. La vida de la Dra. Vega se compara a un ave y con sus dos alas, en una lleva la medicina y en la otra las letras. Finalista en el concurso Casa de España 2021 San Antonio, Texas, con el cuento *Emigrante*. Publicaciones: En 2021, su cuento *Taxi Amarillo* fue incluido en la antología *Suele pasar que nos quedemos* y en 2024, *Iniciación* se incluye en el libro *Vías Alternas*. Publicó en Revista Trazos A2Vuela Pluma, edición septiembre 2024, el microrrelato *Pájaro Soñador*.

Niktalope

Cristina Arancibia Brecht, aka Niktalope, es una artista visual de Santiago de Chile, actualmente radicada en Queens, Nueva York. Estudió Bellas Artes en la Universidad ARCIS y ha participado en numerosas exposiciones internacionales desde 2002. Como editora independiente, lanzó su fanzine Niktalope y ha publicado libros ilustrados, incluyendo el Altazor ilustrado de Vicente Huidobro con la editorial Krakovia. En Chile, fue parte de Kráneo Ediciones, especializada en poesía ilustrada. Desde 2018, continúa su labor creativa en Nueva York, colaborando con la Biblioteca Pública de Nueva York y desarrollando proyectos audiovisuales con Fantasmal, proyecto que explora el teatro de marionetas, además de continuar pintando y escribiendo.

Juliana Camargo Londoño

Escritora apasionada, nacida en Bucaramanga, Colombia. Estudió Economía y Administración de empresas en la Universidad Santo Tomás. Reside en Estados Unidos desde 1988. En Boston cursó Marketing Management. Su carrera como escritora se ha formado a través de talleres literarios. Sus cuentos han sido publicados en revistas y antologías como *Infinito* en *Con la urgencia del instante*; *Islas flotantes* en Revista Trazos (edición 10: La comida, 2023); *El sonido del umbral* en *Vías alternas: Antología de cuentos americanos*, (Literal Publishing / Saludos Connection, 2024).

Viterbo Guédez

Nació en 1973 en Maracay y emigró de Venezuela en el año 2002. Su trabajo de ingeniero lo llevó a vivir en México y en la

India y le permite mentir convincentemente a la hora de escribir ciencia ficción. Finalmente llegó a Houston, donde vive con su esposa y sus cuatro hijos desde hace varios años. Tiene dos novelas y varios relatos en proceso de revisión. Su historia *How to Spit in Microgravity* fue publicada por la revista SavagePlanets. Su microrrelato *Otra Manera de Matar el Resentimiento* fue incluida en la antología *Con La Urgencia del Instante*. Le gusta escribir sobre lo cotidiano en mundos extraordinarios.

Marcos Pico Rentería

Es ensayista, narrador, editor y profesor de español en el *Defense Language Institute* en Monterey, California. En 2013 editó *Ensayos sobre Lezama* (Verbum, Madrid). Publica su colección de cuentos *Mosh Pit* (2022) en la editorial Aduana Vieja. Director de la revista *Contrapuntos*. Sus cuentos, entrevistas y poemas han aparecido en revistas como *La Santa Crítica*, *Hostos Review*, *El Beisman*, *Latin American Popular Culture* y en antologías como *Alebrije de palabras* (2013) *y Pelota Jara* (2014).

José Zurita

Periodista y escritor de microrrelatos. Originario de la ciudad de México. Actualmente reside en Chicago.

Ana Schein

Nació en Montevideo, vivió veinte años en Argentina y desde el año 2013 reside en Miami. Es doctora en Derecho y Ciencias Sociales por la Universidad de la República, cursó una especialización en la Enseñanza de la Escritura Creativa por la Universidad de Alcalá y la Escuela de Escritores de Madrid, y un máster en Creación Literaria y Nuevas Narrativas por la Universidad Internacional de Valencia y The Core School. En 2018 fundó la Escuela de Escritura A2Vuelapluma, y en 2020 la revista literaria Trazos, que ha publicado a más de 190 autores de habla hispana. Ha sido redactora de contenido en revistas de temática femenina y columnista de opinión política. Colabora en la revista literaria El BeiSmAn – Literatura en español en Estados Unidos, con una columna mensual sobre escritura creativa: Madurar la pluma. Ha publicado cuento y novela. Sus textos aparecen en antologías publicadas en Argentina, Uruguay, México, España, Estados Unidos e Israel. Otras publicaciones: Novela *Amira* (2024, Editorial Planeta).

Genoveva del Orbe
Dominicana, creadora de poesía y ficción. Realizó sus estudios superiores en la Pontificia Universidad Católica Madre y Maestra de Santiago, donde ejerció la docencia literaria, y se ha dedicado al arte de la creación poética y minificción, géneros en los que vierte su interés por el mundo que la rodea. Enfoca su sensibilidad en el hombre, referente del cual hay bastante que observar, y hacerlo, sobre todo, a través de la palabra es un desafío creativo. Dentro de sus publicaciones están los poemarios: *Urbanos, Entre silencios, Versos de atar, Pan de anhelos, Tiempo de entrega, Treinta y dos, Tanto que pensar,* entre otros. Muchos de sus poemas y minificciones aparecen en antologías dominicanas y latinoamericanas.

Osvaldo Fernández

El Dr. Fernández nació en Santo Domingo, República Dominicana. Cursó estudios de medicina en Alemania y República Dominicana. En Alemania fundó la revista de la Asociación de Estudiantes Latinoamericanos en Hannover, que abordaba tópicos relacionados con América Latina. A su regreso al país en 1984 fundó el semanario de espectáculos Bonche. Se traslada a los Estados Unidos, donde se especializa en Psiquiatría en el programa de la Universidad de Miami y luego en la subespecialidad de Psiquiatra infantil. Recibió el reconocimiento como Dominicano Destacado en el exterior, otorgado por el Instituto de Dominicanos y Dominicanas en el exterior en Febrero de 2024. Entre sus libros publicados destacan *República Dominicana al borde del abismo* (Editorial Santuario 2020), un análisis con perspectiva histórica sobre los retos que confronta ese país; *Prescripciones para matar el tedio* (Editoria Palibrio, 2020), una colección de cuentos cortos y *En tiempo imperfecto* (Río de Oro Editores, 2022), cuentos. Es también coautor del libro *Cuatro días de abril y las notas del teniente coronel Vinicio A. Fernández Pérez* (Editorial Santuario, 2020), escrito en cooperación con sus hermanos, y del cual fungió, además, como coordinador; el libro abordó el conflicto armado ocurrido en 1965 en la República Dominicana. Clasificó dentro de los veinte mejores escritores de la IX edición del concurso Cuéntale tu cuento a la nota latina (A2vuelapluma), por su texto titulado *Encierro*, en octubre 2022. Otro relato de su autoría *El platanal*, fue publicado ese mismo año por la revista literaria digital Trazos, radicada en la ciudad de Miami. Obtuvo el primer lugar en el prestigioso Premio de cuento Juan Bosch en la República Dominicana, otorgado por la Fundación Global Democracia y Desarrollo (FUNGLODE) 2023 por su texto *El color de las Chichiguas.*

María Cristina González
(Bogotá, Colombia) González, M.A. es escritora y profesora en Sacred Heart Academy. Se graduó de Lenguas Modernas en la Universidad de los Andes y obtuvo el postgrado en Literatura en la universidad de Queens College, Nueva York. Su primer libro *La trituradora y otros cuentos* ha sido elogiado por la crítica y lectores. Recientemente el Latino Book Review realizó la reseña del libro para el público hispanoamericano en los Estados Unidos. Ha participado en las Ferias Internacionales del Libro en Bogotá, Miami y Nueva York. Igualmente en eventos literarios y culturales, entre ellos, en Queens College con su ponencia acerca del romance sefardí, en lecturas de MiLibroHispano en la Florida y en los programas de teatro del Centro de Graduados en Nueva York. Sus cuentos y poemas han aparecido en diversas antologías. Por su obra de teatro *Preguntas de seguridad*, recibió el premio a mejor obra extranjera en el concurso Caja Negra. Ha dictado talleres de escritura creativa para jóvenes. Actualmente trabaja en un poemario y novela.

Manuel Hernández
(Caracas, 1972) Estudió ingeniería en Venezuela y completó su postgrado en la Universidad de Cornell. Poeta desde el colegio, se desempeñó como Editor de Opinión en el periódico de su universidad, Editor en el portal bilingüe QuePasa, y escritor

regular en su blog. A mitad de la pandemia se reencontró con su amor por la poesía. Ha participado en talleres con Giovanna Rivero, Fedosy Santaella, María Antonieta Flores, Rodrigo Blanco, Ricardo Ramírez Requena, Keila Vall de la Ville, José Antonio Parra, Hernán Vera, Gisela Kozak y María Gabriela Rosas. Sus textos han sido incluidos en antologías y publicaciones como *Casapaís* (2023, 2024); El Cautivo (2024); *Con la urgencia del instante*; *Center of Attention: Poems on Stockton and San Joaquin* (Tuleburg Press, 2023) y El Beisman (2023). *Laberinto* (octubre 2023) es su primer poemario. Actualmente reside en Orlando, Florida.

Patricia Schaefer Röder

Nació en Caracas, Venezuela y desde hace 20 años vive en Puerto Rico. Es autora y traductora literaria premiada en los International Latino Book Awards y en otros certámenes literarios nacionales e internacionales. Publicó las colecciones de cuentos cortos *Yara y otras historias* y *A la sombra del mango*, el poemario *Siglema 575: poesía minimalista* y la novela *Marina con almendrones*. Es la creadora del tautosiglama y de la forma poética minimalista siglema 575, y organiza anualmente el Certamen Internacional de Siglema 575 "Di lo que quieres decir" que se celebra en Puerto Rico desde 2015. Es la gestora y editora de los proyectos literarios Vivas las queremos: voces del mundo contra el feminicidio y Crisol de almas: poesía contra el racismo, la xenofobia y la aporofobia.

Teresa Di Tore
Escribe y traduce cuentos en inglés y español. Tiene estudios graduados de Literatura en ambos idiomas. En su tiempo libre, ayuda a los padres con hijos LGBTQ+ a mantener las familias unidas. Es miembro activo del Taller de Escritura de Rose Mary Salum y está trabajando en una colección de cuentos.

Belana Beeck
Escritora de prosa y poesía interesada en la ficción fantástica, histórica y contemporánea. Desea seguir compartiendo su cultura latina a través de sus historias y cultivar la comunidad creativa. Obtuvo una maestría en escritura creativa de Chapman University.

Erika Estefanía Doyle
(Buenos Aires, Argentina, 1980) Emigró a Chicago, IL, en el 2000 donde vivió hasta 2020. Durante la pandemia, se mudó a Indiana. En Chicago, fundó y dirigió el taller literario Café y literatura entre nosotros y Surco, revista literaria virtual. Doyle ha sido partícipe de antologías, publicando narrativa, poesía, y crónica. También ha colaborado con artículos periodísticos y académicos para diversos medios. Su poema *Lamb Shank* ha sido incluido en el Latino Book Review Magazine (2024). Además de escritora y lectora asidua, es artista plástica.

Emilia Anguita
Nació en Santiago de Chile y vive en Miami, después de residir en Venezuela. Inició su carrera en las artes haciendo grabado y escultura, para seguir luego al cine. En Radio Caracas Televisión

dirigió telenovelas. Como directora, productora independiente y guionista realizó documentales y cortometrajes que fueron exhibidos en festivales de cine. La búsqueda de argumentos narrativos para sus películas la fue llevando a la creación literaria, y sus cuentos han sido publicados en periódicos y antologías. Obtuvo una maestría en guión cinematográfico en la Universidad de Miami, y ha dando clases de cine en Miami Dade College.

Gloria MiládelaRoca

Nacida en Caracas, Venezuela y radicada en Miami, Florida. Poeta y creadora visual de trazos en blanco y negro. Ha participado en exposiciones en Venezuela, Miami, Colombia y España. Participó en la antología *Aquí {Ellas} en Miami,* selección de poetas miamenses (Katakana Editores, 2018) y en la antología *Madres,* Proyecto Berbel, Madrid (Editorial Mercurio, 2024). Poemas suyos han sido publicados en varias revistas digitales e impresas como Roja Turbación, Nagari impresa y digital, Revista Rácata, Revista Baquiana y Alcanza Poesía, entre otros. Tiene varios libros inéditos de poemas y haikus. Es miembro directivo en Nagari Foundation, Inc. y Katakana Editores.

Cristina Keller

Ha ganado premios por sus libros ilustrados: *La Capa del Morrocoy,* escrito por Ramon Paz Ipuana y adaptado por Kurusa, Ediciones Ekaré, mención de honor del IBBY; *Una Señora con Sombrero,* escrito por Jacqueline Goldberg, Monteavila editores, entre los mejores libros del año; *Gato Encerrado,* escrito por Mireya Tabuas, Monteavila Editores; en la lista de White Ravens, así como también por sus pinturas y grabados que han sido exhibidos en muchos países. En Venezuela desarrolló su labor docente y dirigió talleres de creación de libros hechos a mano para diferentes comunidades. En los últimos años en Miami, a través de la Fundación Cuatrogatos, ha dado talleres de creación de libros para los maestros de español de las escuelas públicas de Miami-Dade en apoyo a la enseñanza de nuestro idioma. En The Art Seed, su estudio de arte, Cristina Keller escribe e ilustra libros de cuentos para niños, novelas gráficas para jóvenes y tiene grupos de estudiantes de todas las edades. Pueden visitarla en www.cristinakeller.com

Olivia Maciel

Es autora de los poemarios *Cielo de magnolias. Cielo de silencios* (2015), *Sombra en plata* (2005), *Filigrana encendida* (2002), *Luna de cal* (2000), *Más salado que dulce* (1995), y del libro de relatos *Espejos en un café* (2022), International Latino Book Award | Medalla de plata - Ficción en español. Es autora de la monografía *Surrealismo en la poesía de Xavier Villarrutia, Octavio Paz y Luis Cernuda. México 1926-1963* (2008), editora del volumen *Vanguardia en Latinoamérica* (2008), y del poemario *Astillas de luz* (1998). Recibió el Premio en Poesía, Northeastern Illinois University (2014), el Premio Casa del Poeta, Nueva York (1996) y el José Martí, Universidad de Houston (1993). Maciel se doctoró en Lenguas Romances por la Universidad de Chicago. Ha impartido clases de español y literatura latinoamericana en instituciones de educación superior, incluyendo: The University of Chicago, Loyola University, Lake Forest College, University of Illinois Chicago, Northeastern Illinois University, Harold Washington College, St. Augustine College at Lewis University y Northwestern University entre otras. Olivia Maciel nació en la Ciudad de México y reside en Chicago.

Yaisy Rodríguez
Nació en Venezuela y emigró a Nueva York a principios de los 2000. Es licenciada en Periodismo por la City University of New York (York College) y cuenta con una Maestría en Artes en Español de la Universidad de Texas, así como un Máster en Narrativa de la Escuela de Escritores de Madrid. Actualmente, es candidata al doctorado en Literatura y Lenguas Romances en la Universidad de Carolina del Norte en Chapel Hill, donde investiga la escritura femenina conventual en España e Hispanoamérica durante los siglos XVII y XVIII. Ha residido en México, Francia, España e Italia, experiencias que han enriquecido su perspectiva literaria y estética. Su obra refleja una profunda apreciación por la diversidad cultural y artística de cada lugar. Sus relatos han sido publicados en varias antologías en diferentes países, evidenciando su habilidad para entrelazar lo personal con lo universal en su escritura. Combina la pasión por la literatura y la investigación académica con la docencia. Yaisy disfruta visitar museos, galerías y sitios históricos. Estas exploraciones no solo enriquecen su producción literaria, sino que también le permiten indagar en temas como la memoria, la identidad y el diálogo entre distintas formas de expresión artística.

Giselle López Fernández

Camagüey, Cuba 1987. Licenciada en Historia Universal (Universidad de Camagüey, Cuba) y Máster en Biología Molecular (University of Pennsylvania, USA). Su obra aparece en diferentes revistas y plataformas digitales: Letras y Poesía (España y Latinoamérica), Kametsa (Perú), Trazos (Estados Unidos), Telúrica (Colombia), Atelier (Italia), Colectivo Culturale Tuttomondo (Italia), Casapaís (Uruguay), A4 manos (México) y las antologías *Con la urgencia del instante*; *Humedad del Caos* (El Ángel Editor); *Cuentos Multiculturales* (Editorial La nota Latina); *Hágase el poema* (Editorial Tinta Pujo); Antología Vol. IV de la Feria internacional del libro de la ciudad de New York (Smol Books). Publicó un libro de prosa poética *Misivas electrónicas* en 2023 y su más reciente poemario *Tinajas* (El Ángel Editor) en 2024.

Ana Núñez González

Es narradora, abogada, bibliotecaria. Graduada de Licenciatura en Derecho por la Universidad de La Habana. Máster en Ciencias de la Información por la Universidad de Montreal en Quebec, Canadá. Egresada del Centro de Formación Literaria Onelio Jorge Cardoso. Trabaja como bibliotecaria responsable en la ciudad de Amos, Quebec, Canadá. Cuentos suyos han sido publicados en antologías de Cuba, Brasil y España. Colabora con el Proyecto Sherezade de la Universidad de Manitoba, Canadá. Ha publicado *Crónicas domésticas* (cuentos, 2022) por Cristálida Ediciones y *Adela y el poder: memorias de una fiscal en la Habana* (novela, 2022) por Ilíada Ediciones.

José E. García
Nace en Santo Domingo en 1945. Amante de la artesanía, la pintura y las letras. Autodidacta. Ha publicado sus inquietudes y ha desarrollado talleres para niños en varias disciplinas manuales. Activista Cultural y Comunitario. Emigró en el año de 1986, desde entonces desarrolla su actividad autodidacta en U.S.A. donde reside. Publicaciones: varios artículos en la Revista Nueva Visión dirigida por el periodista Domingo de la Cruz, 2000; *Barbojos* (Narrativa testimonio), 2001; cuento novelado *Cemí, la mentira Tallada* (2016); libro de poesía y rimas *Un lienzo y tú*, 2018; novela *Sueños en sepia*, 2022; minirrelato *La Decepción* en *Con la urgencia del instante*. Miembro de la Peña Cultural del Cuento en la Florida y participa en la producción del compendio de cuentos *Sin Distancias,* junto a otros cuatro autores, a publicarse dentro del marco de la Feria del Libro de Santo Domingo 2024.

Fernando Salmerón
Escritor de relatos y ensayos en español e inglés. Ha escrito más de 100 relatos, algunos publicados en periódicos y revistas de los Estados Unidos. Su libro *Entre Ortigas y Claveles* fue ganador del Festival de Savannah y el Festival del Norte de Texas. Ha sido también ganador del primero, segundo y tercer premio además de finalista en el "Concurso Cuéntale Tu Cuento a La Nota Latina" en eventos anuales auspiciado por la Asociación Internacional de Poetas y Escritores Hispanos. Obtuvo el primer lugar en una antología de relatos (Lo que tenemos en común) en el ILBA (International Latino Book Awards). Ha obtenido más de diez premios en Concursos Literarios, uno en Argentina, otro en Perú

y los demás en los Estados Unidos. Sus cuentos son un reflejo de algunos usos y costumbres de la sociedad limeña y del mundo hispano hablante en general, desde un punto de vista humano e introspectivo, siempre con un tono de ironía y humor sarcástico. Peruano de nacimiento, reside actualmente en Dallas, Texas. Ha sido publicado también en cinco antologías de La Nota Latina, en el International Latino Book Awards y una antología publicada por el Consulado General del Perú en los Estados Unidos.

Liana Fornier De Serres
Nace en Uruguay. Pianista, escritora y lectora voraz, ha dedicado muchos años al estudio de la narrativa. Publicó tres libros infantiles: *Brujiponcia*, 2020; *Una extraña desaparición*, 2019; *Arturo, el pequeño fantasma*, 2017; los cuales se adjudicaron los premios: International Book Award, Academia norteamericana de la Lengua española y, en Costa Rica, un primer premio en literatura infantil con *Arturo, el niño fantasma*, en el año 2009. En el año 2023, firmó un contrato con la editorial Costa Rica, del país del mismo nombre, como autora, donde se publicarán sus libros infantiles. Integró el jurado del certamen International Latino Book Award en categoría Adultos, durante los años 2021 y 2020. Acreedora como Finalista con diploma de Honor en el certamen de la Fundación Gabriel García Márquez en el año 2019. Publicada en diversas revistas literarias y antologías en Estados Unidos y en España. Ha colaborado con el periódico La Nación de Costa Rica en la sección Opinión, con artículos literarios y musicales. En los últimos años ha finalizado en Cursiva, de la editorial Penguin Random House, los estudios de edición como también en Cálamo y Crain, Barcelona, España.

Claudia Cisneros Méndez

Perú, 1969. Periodista. Escritoranda. A veces escribe poemas. Siempre (pre)ocupada en temas políticos, éticos y existenciales. Bachiller en Filosofía (PUCP 2016); Maestría en Periodismo y Comunicación y Desarrollo (Ohio University 2019/2021); Maestrando en temas de género y diversidades (DePaul University 2023-2025). El libro *Insistir y Resistir: Desobediencia civil en el Perú* reúne sus columnas de análisis político escritas semanalmente en un diario de circulación nacional entre 2013-2016 sobre corrupción, ética periodística, ética política, kakistocracia, racismo y clasismo, Pueblos Indígenas, Derechos Humanos y otras necesidades. En 2014 recibió el Premio Derechos Humanos en Periodismo por la CNDDHH, Perú. En 2024 ganó en Los Ángeles, California, un Emmy y tres Golden Mike Awards - uno por mejor escritura - por la realización de una serie televisiva acerca de la sobrecogedora historia de un niño migrante a EEUU. Desde 2017 Claudia también es inmigrante en ese país. Allí nació latina. Allí no deja de escribir.

María José Caporaletti

Nació en Buenos Aires y actualmente reside en Miami. Durante varios años se desempeñó como docente de Lengua y Ciencias en diversos institutos educativos y paralelamente fue guionista independiente para campañas publicitarias, videos de capacitación y programas de televisión, en Argentina. Se reencontró con su pasión, en USA a través de talleres de escritura. Varios de sus cuentos y relatos han sido seleccionados para publicaciones regionales.

Alicia Monsalve

(Valencia, Venezuela, 1965) Es periodista, egresada de la Universidad Católica Andrés Bello (Comunicación Social, 1987). Comenzó su carrera en Radio Caracas Televisión, seguiría en radio, publicidad y periódicos, con énfasis en cultura y ediciones especiales. Su interés por el cine la lleva a Estados Unidos en 1996, junto a su esposo, Edgardo Ochoa, con quien funda en Los Ángeles, California, el periódico *Al Borde* (alborde.com). Desde 2014 radica en Miami. Ha publicado *Era tan pequeño mi elefante* y la antología *Inficciones. Relatos de escritoras en confinamiento* (International Latino Book Awards, 2021). Sus cuentos han aparecido en las antologías *Vacaciones sin hotel* (Florida Book Awards, 2021); *#NiLocasnisolas. Narrativa escrita por mujeres en los Estados Unidos* (El Beisman Press, 2023); *23 Relaciones imperfectas* (Florida Book Awards, 2023); *Con la urgencia del instante; Cuéntale un cuento a la Nota Latina* (Editorial LNL, 2019, 2020), y diversas revistas literarias. Dirige el sello independiente Ediciones Aguamiel y el laboratorio de escritura El libro que hay en ti. Fundadora del portal Bukkio.com, una incubadora de proyectos editoriales y cofundadora de ByTheWater Media. IG: @ aliciamonsalvef, @edicionesaguamiel.

Margarita Saona

Obtuvo el doctorado en literatura latinoamericana en la Universidad de Columbia en Nueva York. Vive en Chicago desde hace más de dos décadas y enseña literatura y estudios culturales en la Universidad de Illinois. Entre sus intereses están la memoria, la fenomenología, el cuerpo y la escritura. Es la autora de *Novelas familiares: figuraciones de la nación en la literatura latinoamericana* (Rosario, 2004), *Memory matters in transitional Peru* (Londres, 2014), y *Despadre: Masculinidades, travestismos y ficciones de la ley en la literatura peruana* (Lima, 2021). Ha publicado tres libros de ficción breve: *Comehoras* (Lima, 2008), *Objeto perdido* (Lima, 2012) y *La ciudad en que no estás* (Lima, 2020) y el poemario *Corazón de hojalata/Tin heart* (Chicago, 2017), con una edición de Intermezzo Tropical en 2018. Sus cuentos han sido traducidos al inglés y publicados por Laberinto Press con el título *The Ghost of You* (Edmonton, 2023). Ha publicado un ensayo sobre las intervenciones quirúrgicas titulado *De monstruos y cyborgs* (Lima, 2023; Chicago, 2024) y un cuaderno de bitácora sobre su experiencia de un trasplante cardiaco, *Corazón en trance: Bitacora de una sobreviviente* (Lima, 2024).

Cristina Sánchez-Martín

Nació en Salamanca (España), donde creció escuchando las muchas leyendas que permanecen inscritas en sus calles, paisajes, y edificios históricos. Allí estudió Filología Hispánica e Inglesa, máster de traducción y mediación Intercultural y de la enseñanza del inglés. Actualmente trabaja en la Universidad de Washington en Seattle, en el campo de la lingüística aplicada, desde un enfoque de justicia social. La escritura y el lenguaje le ayudan a comprender el mundo complejo donde vivimos.

Patricia Martín Rivas

(Madrid, España, 1986) Es escritora de nacimiento, traductora de profesión y nómada irreparable. Le gusta jugar con los géneros, las palabras y los formatos: ha confeccionado cuatro novelas, se regodea tejiendo cuentos de cualquier extensión y vivencia, pertenece a varios colectivos internacionales y lee ficciones en público. Además de relatos en antologías acá y acullá, ha publicado en papel *Saudade* (un libro de cuentos breves basados en palabras intraducibles) y *KAWARA* (un ensayo sobre arte contemporáneo).

Sebastián Arce Oses

Nace en Heredia, Costa Rica, aunque lo verán vagando por aquí y por allá, sin importar la frontera. Es profesor e investigador en la Escuela de Estudios Generales de la Universidad de Costa Rica. Cuenta con una Maestría en Literatura Latinoamericana de esta misma universidad y actualmente realiza un doctorado en la Universidad Laval, en Canadá, enfocado en la literatura de viajes. Ha publicado tres libros de poesía, un libro de cuento, así como ensayos y artículos académicos. Ha participado en ferias y festivales de literatura en Colombia, Guatemala, México, Cuba, El Salvador, Ecuador, Estados Unidos y Canadá.

Lucía Emauer

Es una escritora originaria de Culiacán, Sinaloa, México, que inició su trayectoria literaria en un taller de narrativa bajo la guía de Elmer Mendoza. A lo largo de su carrera, ha participado en varios talleres de creación literaria y ha publicado sus poemas en diarios locales de Sinaloa, así como en antologías de la UNAM y Letras en la Frontera. Actualmente, continúa su labor como difusora cultural en San Antonio, Texas, donde apoya a escritores y editoriales que publican en español en la región.

Alejandro Prado Jatar

Es un ingeniero que se ha dedicado a la investigación científica por más de treinta años. Desde su culminación académica como máster en ingeniería ambiental, él ha trabajado en proyectos dirigidos a la conservación de los recursos naturales, la protección de la fauna silvestre y la sustentabilidad de fuentes de energía. En el 2016, escribió su primer libro, *Dasefíos sobre el tecaldo*. Los errores en ese título fueron puestos intencionalmente, ya que la obra fue hecha como parte de un ensamblaje de historias de humor y reflexión sobre la dislexia del autor. Con su segundo libro, en 2019, Alejandro logra confesar los complicados eventos que se suscitaron, desde que conoció a Mariana, su esposa, hasta que ambos contrajeron matrimonio. El autor tomó la decisión de hacer el compendio *Los milagros existen. Uno de ellos se llama Mariana*, como obsequio para celebrar su vigésimo quinto aniversario de bodas. En 2020 se enfrascó en un proyecto literario retador. Escribir una novela, saliendo del género del humor y entrando en el fascinante mundo de la historia política y la clarividencia. Es así como llega a la publicación de *La trinidad del tiempo*. Es venezolano de nacimiento y vive en Houston, Texas, ciudad de los Estados Unidos que le dio la bienvenida a él y a su familia desde el año 2007.

Perla Sofía González Marinello

Nació en La Habana y vivió en Santiago de Cuba por 20 años. En 1995 emigró a España. Ha trabajado como Arquitecta, Planificadora Urbana y docente en Cuba, España, Brasil y Miami. Su pasión por escribir, pintar, hacer fotografía, en fin, comunicarse a través del arte, ha sido una constante en su vida desde muy joven. Una vez jubilada del Departamento de Planeamiento de la Ciudad de Miami, ha podido finalmente dedicarse al arte a tiempo completo. Como pintora, Perla es miembro de múltiples organizaciones como Florida y Miami Watercolor Societies y ha recibido numerosos premios y reconocimientos. En 2021 publicó su primer libro, *El Enigma Cotidiano* con una selección de 37 poemas junto a 37 obras pictóricas de su autoría. En 2023 publicó su segundo libro, *Miradas Alternas*, con sus poemas y los dibujos de Toa Castellanos. En 2024 su relato *Everglades* fue seleccionado como finalista en la X Edición del Concurso Cuéntale tu Cuento a la Nota Latina y su poema *Epílogo* fue publicado en la Revista Trazos. Actualmente trabaja en varios proyectos donde relaciona la literatura con las artes visuales: pintura y fotografía. Cualquier medio es válido para, como buena geminiana, transmitir su mensaje.

Rocío Uchofen

(Lima, Perú) Es escritora, poeta y promotora cultural. Estudió Lingüística y Literatura en la PUCP y una maestría en Inglés en CUNY-CSI. En 2019 recibió una micro-residencia en NYPL de The Poetry Society y participó en The Americas Poetry Festival of New York. Fue finalista del premio FILLT de testimonio (TUFTS University 2020) con *Bay Ridge*. Editó dos antologías: *Intervalos: 12 narradoras peruanas* (2020) y *Staten Island, mi historia/Staten Island, my story* (2020), esta última gracias a un incentivo del Departamento de Asuntos Culturales de la ciudad de Nueva York (DCA). Ha publicado la antología bilingüe *Todos podemos escribir un cuento* (2021); el libro de prosa poética *Staten*

Island personal/Personal Staten Island (Pukiyari, 2021). En 2022 recibió un incentivo del DCLA Ciudad de Nueva York para su proyecto narrativo Puentes/Bridges y fue ganadora del concurso En Concreto Alma Urbana (PEN-Chile) con el cuento *Viaje en tren*. En 2024 recibió un incentivo de DCLA de la Ciudad de Nueva York para publicar su poemario bilingüe *Typewriter, ink, memory & rhythm*. Ha publicado los poemarios *Liturgias clandestinas* (Taller del Poeta, 2004), *El oscuro laberinto de los sueños* (Tranvías Editores, 2011) y *Geometría de la urbe* (Carpe Diem, 2019); los libros de cuentos *Odalia y otros sin esquina* (The Latino Press, 2004), *En algún lugar del laberinto* (2020), *La irrealidad y sus escombros* (Maquinaciones, 2021), *Solo para insomnes* (Maquinaciones, 2023) y una versión para Estados Unidos de *Solo para insomnes* será publicada gracias a Suburbano Ediciones. Sus poemas y cuentos han aparecido en diversas publicaciones en Estados Unidos, América Latina y Europa.

María Cristina Botelho Mauri
Nació en La Paz, Bolivia. Narradora, poeta, ensayista y gestora cultural. Reside en Indiana, Estados Unidos. Es Vocal de ANLE, Academia Norteamericana de la Lengua Española, Delegación de Indiana, U.S. Académica numeraria de la Academia Boliviana de la Lengua correspondiente de la Academia Real Española. Ocupa la silla F. Obras publicadas en Bolivia: *Poemas en Vigilia* (Producciones Cima –1993); *El duende y el colibrí* (relatos, Editorial Gente Común - 2007); *La última estación* (cuentos, Edición de Correveidile - 2011); *Memoria de las mariposas* (cuentos, Edición de Correveidile - 2014); *El absurdo y su complicidad* (cuentos y relatos, Editora Kipus

- 2018); *Refugio de picaflores* (novela, Editora Kipus - 2019); *Agonía de los espejos* (poemario, Editorial 3600 - 2018); *Los árboles de hielo* (cuentos, Editora Kipus - 2022); *El viento y yo* (poemario, Edición de Alcaldía Municipal de Oruro, Colección UNPE - 2022). Ha publicado ensayos, crónicas, poemas y otros textos en antologías de Bolivia, Argentina, Perú, Chile, Uruguay, Estados Unidos. Premios y distinciones: 2ª. Mención Premio Internacional de Poesía "Tardes de la Biblioteca Sarmiento", Villa Dolores, Córdoba, Argentina (1997); 2º. Lugar "Premio de Poesía Franz Tamayo 2018" por su libro *Agonía de los espejos*; Sigma Epsilon Award (2015) IUPUI, Indiana, Estados Unidos. En Bolivia recibió reconocimientos a su obra literaria por la Asamblea Legislativa del Departamento de La Paz (abril 2018) y por la Asamblea Legislativa del Departamento de Oruro (agosto 2018). Tea de la libertad por *Agonía de los espejos* (19 de febrero de 2019). Gestión cultural, Tea de la Libertad en el grado al Mérito, Gobierno Autónomo Municipal de la ciudad de La Paz, Bolivia (20 de febrero 2019).

Tanya Victoria
De niña su mundo imaginario estaba lleno de gnomos, duendes y fantasmas. Su madre fomenta el hábito de la lectura con historias de lo desconocido. Comienza su carrera de Literatura latinoamericana en la Universidad Iberoamericana en la ciudad de México, decide dejarla para hacer teatro. Participa en el festival del Unicornio en Cuba, y diferentes centros culturales de México. Uno de sus profesores de teatro la invita al diplomado de creación literaria en La Sociedad de Escritores de México, en plena época dorada de SOGEM que es un parteaguas en su vida. Maestros

de la talla de Hugo Arguelles, Jose Maria Fernández Unsain, Dolores Castro, Emmanuel Carballo, Susana Reyes, Tomas Perez Turrent, Eduardo Casar, Alejandro Cesar Rendon, entre otras exquisitas plumas literarias, le abren un mundo nuevo. No hay vuelta atrás. Para 1997 gana el primer lugar en el concurso nacional de género negro y fantástico, de radio de medianoche, con su cuento *La Botella*. En 1998 se muda a Chicago, ahí da clases de español, teatro y piano. Otro parteaguas en su vida es la revista cultural Contratiempo, durante diez años escribe artículos de diversidad cultural en Chicago, reseñas y críticas de teatro, entrevista a Henry Godínez, Michelle Lamour, Yolanda Cesta, Diego El Cigala, José Castro, entre muchas otros. Ha colaborado con El Beisman y Chicago Tribune. Durante la pandemia retoma su pasión por la escritura, en 2021 pública cinco cuentos en línea, *Cuentos Peculiares* en español y en inglés. En el año 2021 la editorial Ars Communis publica *Azul* para la antología Féminas. *La Pena* es parte de *Con la urgencia del instante*. Formó parte del comité editorial Las Notas de Orfeo, en donde en el año 2022 publican el libro en formato artesanal y en la plataforma en línea Lektu *Letras Súbitas,* veinte cuentos de fantasía oscura escritos por dieciséis escritores internacionales.

Teresa Nasarre
Nace en España donde gana su primer premio literario con un cuento corto *Sucedió en Primavera* en el concurso Cazuelas del Arte convocado por la Universidad de Zaragoza. Desde el 2003 vive en Nueva York, donde trabaja de profesora, colabora con la red de bibliotecas públicas llevando a cabo la tertulia "Tinta

Papel y Café" y también con el Instituto Cervantes realizando cursos para maestros de español. En el 2004 su libro de relatos *Al Otro Lado* gana en Chicago el VI Latin Literary Awards al mejor libro de misterio publicado en español, y en el 2010 el Instituto de Cultura Peruana de Florida le concede el primer premio por su narración *El aroma de los sueños*. Es amante de los libros, y adora leer tanto como escribir.

Lissette Hernández
Nació en Cuba en 1971. Reside en Miami desde 2005 donde ejerce como enfermera. Es integrante del Taller de Escritura Creativa de Hernán Vera Álvarez. Algunos de sus cuentos han sido incluidos en *Vacaciones sin Hotel, Antología de autores del Sur de la Florida* (Ediciones Aguamiel, 2021) y en *23 Relaciones imperfectas, Antología de autores hispanos en los Estados Unidos* (Ediciones Aguamiel, 2023); ambos libros galardonados en los Florida Book Awards.

Stefany Ruiz Esteves
Venezolana. Abogada de la Universidad de Los Andes (Venezuela) y Licenciada en Lenguas por la Universidad Abierta para Adultos (República Dominicana). Ha publicado en revistas como Nefelismos (Venezuela) y Trazos (EEUU). Ganadora de concursos literarios en República Dominicana y Estados Unidos, en género narrativa, específicamente cuentos y relatos. Autora del libro *Y tú… ¿Qué metiste en tu maleta?* Actualmente reside en Estados Unidos. https://www.stefanyruizesteves.com/

Nicolás Cabrera

Es un escritor neomexicano con estudios de licenciatura y maestría. Se crió en una casa bilingüe en el vecindario histórico de Los Griegos en Alburquerque, Nuevo México, donde el español ha sido hablado por siglos. Para él, escribir en español es importante porque mantiene viva la lengua y cultura de su familia. *Ecos Neomexicanos*, su primera colección de poesía bilingüe publicada en 2019, ha recibido varios premios. Sus obras han sido publicadas en México y Estados Unidos.

Iván Ortega Santos

España / EEUU, 1977. Es educador, escritor y diseñador de juegos de mesa y reside en Memphis, Tennessee.

Abigail Duarte

Escritora mexicana. Su pasión por la palabra escrita la ha acompañado desde pequeña, y sus roles como activista, traductora y en relaciones públicas le han brindado la oportunidad de conocer diversas historias. Ahora, explora esos relatos que ha encontrado a lo largo de su vida. Es coautora de las antologías *Suele pasar que nos quedemos* con el cuento *Malva*; y *Vías Alternas* con *El tiempo cuesta*.

Julieta Aguilar

Nació en 1973 en la Ciudad de México y radica en Houston desde 2019. Es escritora de ficción, artista visual y docente de arte. Publicaciones: *El gato*, incluido en *Con la urgencia del instante*; *Detector de voz* en la antología de la Feria Internacional del Libro de la Ciudad de Nueva York 2023; *Plumas blancas* en la antología *Vías alternas* (2024). Actualmente participa en el Taller de Escritura Creativa dirigido por Rose Mary Salum y que imparte el reconocido escritor boliviano, Rodrigo Hasbún.

Rossana Sisso
(Venezuela, 1962) Trabajó como psicóloga escolar por más de treinta años, tanto en Caracas como en Florida. Desde siempre fue ávida lectora y, en esta nueva etapa de su vida, una apasionada de la escritura. Sus relatos forman partes de las siguientes antologías: *Cuentos con sabor Hispano* (Editorial La Nota Latina, 2022), *Con la urgencia del instante, #NiLocasNiSolas — Narrativa escrita por mujeres en Estados Unidos* (El BeiSmAn PrESs, 2023), *XI Premio microrrelatos Manuel J. Peláez, 2023* (Colectivo Manuel J. Peláez, 2023) y *III Concurso de relatos breves en español* (El Ático, 2023). Es colaboradora regular de la revista *Trazos* de A2Vuelapluma. Vive en Fort Lauderdale, Florida.

Alma Isela García Soto
Nació en Colima, México en 1983. Sus trabajos han sido publicados en las antologías *Jaula de Versos* (Nerfe, 2000) y *Caracoleando* (CAD, 2024), así como en el Diario el Noticiero, las revistas Contraste y Contratiempo. Ha leído sus poemas en la organización Poetry Foundation (Chicago, 2024), South Side Lit Fest (Chicago, 2024), Chicago Art Department (Chicago, 2023), y en varios espacios públicos de su natal Colima (1998-2001). Ha participado como moderadora de clubs de lectura en las bibliotecas públicas de Chicago. Su determinación por desarrollar

el oficio de escribir la ha llevado a participar en diversos talleres literarios de poesía y cuento corto en México y Estados Unidos desde 1998. Actualmente reside en la ciudad de Chicago.